행복이 찾아오면
의자를 내주세요

Wenn Das Glück Kommt, Muss Man Ihm Einen Stuhl Hinstellen by Mirjam Pressler

Copyright©1994 Beltz Verlag, Weinheim&Basel
programm Beltz&Gelberg, Weinheim. Alle Rechte Vorbehalten.
Korean Translation Copyright©1997 Sakyejul Publishing Co. Ltd.
Korean edition published by agreement with Beltz Verlag,
Weinheim&Basel through Chang Agency co., Korea.

이 책의 한국어판 저작권은 창 에이전시를 통해 저작권자와 독점 계약한 (주)사계절출판사에 있습니다.
저작권법에 따라 한국 내에서 보호를 받는 저작물이므로 무단 전재와 무단 복제를 금합니다.

행복이 찾아오면 의자를 내주세요

미리암 프레슬러 지음
유혜자 옮김

차례

1장. 깨물지 못할 바에는 이빨을 드러내지 마라 . . . 7
2장. 평생을 지옥에서 보내느니 에덴 동산에서 단 5분을 사는 것이 낫다 . . . 22
3장. 가난한 사람은 도둑이 무섭지 않다 . . . 34
4장. 궁전을 꿈꾸는 자는 오두막집마저 잃게 된다 . . . 44
5장. 통통한 오리를 잡아먹고 싶으면 먼저 잘 먹여야 한다 . . . 59
6장. 행복이 찾아오면 의자를 내주세요 . . . 69
7장. 머릿속이 어두우면 마음도 밝아질 수 없다 . . . 80
8장. 동전을 보고 몸을 굽힌 사람만이 그것을 주머니에 넣을 수 있다 . . . 92
9장. 에덴 동산이라도 혼자뿐이라면 즐겁지 않다 . . . 107

10장. 빵이 있으면 나이프도 찾을 수 있다 . . . 121

11장. 암소의 털을 깎고, 숫양의 젖을 짰다 . . . 133

12장. 가난한 아이를 친구로 두는 것이 부자를 적으로 두는 것보다 낫다 . . . 148

13장. 심하게 맞은 개는 지팡이를 쥐고 있는 손을 핥지 않는다 . . . 163

14장. 닭은 언제나 수수 꿈을 꾼다 . . . 177

15장. 한 사람이 암소의 뿔을 잡아 주면, 다른 사람은 젖을 짤 수 있다 . . . 192

16장. 신은 오랫동안 기다렸다가 이자와 함께 대가를 치르게 한다 . . . 208

17장. 설탕도 충분히 단데 꿀은 왜 필요한가요? . . . 226

옮긴이의 말 행복이 오래 머물 수 있기를 . . . 237

1장.
깨물지 못할 바에는 이빨을 드러내지 마라

감자 두 개가 남았다. 설익어서 희끗희끗하고 여기저기 거무튀튀하긴 했지만, 그래도 하나 더 먹고 싶은 생각이 간절했다. 아니, 가능하다면 두 개 다 먹고 싶었다.

나는 주위를 살피며 조심스럽게 손을 내밀었다.

탁!

그 순간 누군가 내 정강이를 찼다. 눈앞이 아찔했다. 통증이 심해서가 아니라 분노 때문이었다. 나는 애써 정신을 가다듬고 뻗었던 손을 얼른 거둬들였다.

"깨물지 못할 바에는 이빨을 드러내지 마라."

로우 이모가 늘 내게 했던 말이다.

듀로는 내가 감당하기에는 덩치가 너무 크다. 그러니 깨물어 봐야 소용 없다. 나이도 벌써 열네 살이나 되었고, 다음 부활절에는 떠날 아이다. 그 애는 나가서 재단사 공부를 시작할 거라고 했다.

듀로가 그릇을 통째로 들고는 감자 두 개를 자기 접시 위에 덜어 내고, 그 위에 겨자 소스를 뿌렸다. 그 모습을 식탁 맞은편 구석에 앉아 있는 잉에가 가만히 지켜보고 있었다. 잉에는 눈썹을 치켜올리며 양 팔과 어깨를 약간 들썩했다.

우리 식탁으로 다가온 우어반 사감이 늘 자기 접시 옆에 놓아 두는 종을 흔들었다. 꽃무늬가 그려져 있고 손잡이가 까만색 나무로 되어 있는 누르스름한 쇠종이다. 종소리가 워낙 커서 우리는 곧바로 조용히 했다. 식당에 있는 다른 아이들도 차례로 입을 다물었다.

우어반 사감이 큰 소리로 말했다.

"모두 주목! 2학년과 3학년 학생들은 모두 한 시 반까지 작업실로 집합한다."

곧 3학년에 올라갈 레나테가 나와 같은 방을 쓰고 있는 아이들 가운데 유일하게 나랑 같은 식탁에 앉아 있다가, 내 옆에서 고개를 푹 숙였다. 듀로에게 정강이를 걷어차이기라도 했을까, 레나테의 몸이 갑자기 작아 보였다. 그러나 레나테는 딱 하나 남은 감자를 집어 갈 생각 같은 건 아예 하지도 않을 애다.

"겁먹지 마."

내가 그 애에게 속삭였다.

"작업실, 그렇게 나쁜 곳 아냐. 원래 선생님이 아이들을 다 모아 놓고 할 말이 있을 때는 그리로 오라고 해. 혹시 미국으로 수학여행 가서 미시시피 강에서 뗏목이라도 타자는 얘기를 하려는지도 모르지."

레나테는 그 말이 우습지도 않은지 전혀 웃지 않았다. 『허클베리 핀의 모험』을 아직 읽어 보지 못했을지도 모른다. 레나테가 목을 더 움츠리는 것을 보고 난 공연한 말을 한 것 같아 화가 났다. 그 애한테도 화가 났다. 다른 아이라면 몰라도 난 그 애를 괴롭힐 생각은 추호도 없었다.

내게 아무 말도 하고 싶지 않으면 얼마든지 그러라고 하고 싶다. 내 비밀 일기에 적어 놓았던 말이 떠오른다.

"미소라도 살짝 짓지 않는 사람에게는 절대 웃는 얼굴을 보여 주지 마라."

오늘 나는 식탁 당번도 아니고 설거지 당번도 아니다. 그래서 한 시 전에 방으로 갈 수 있었다. 침대에 걸터앉아 정강이에 부풀어오른 혹을 조심스럽게 만져 보았다. 조금 있으면 시퍼렇게 멍이 들 것이다. 뚱뚱보 암소 같은 계집애!

운동화를 벗었다. 오른쪽 운동화가 쉽게 벗겨지지 않았다. 오늘 아침에 운동화 끈이 벌써 세 번째 끊어져서 억지로 묶어 놓았기 때문이다. 이제는 매듭이 잘 풀어지지 않아 아예 끊어 버려야만 했다. 끊어진 끈을 운동화 안에 밀어넣고 침대에 누웠다.

침대에 누워 예쁜 적갈색 담요에 얼굴을 깊이 파묻고 로우 이모를 떠올렸다. 나는 언제나 로우 이모를 생각한다. 내가 생각할 사람이 로우 이모 말고 또 누가 있겠는가?

로우 이모에 대한 기억은 언제나 아름답다. 어떤 생각은 계속 하다 보면 마음이 아프다 못해 속이 거북해지는 것들도 있다. 그래서 그런 생각이 머리에 떠오르면 더는 하고 싶지 않아 얼른 지워 버린다. 하지만 로우 이모에 대한 생각은 언제나 아름답다. 마치 천둥 번개가 몰아치다가 섬광처럼 번쩍하면서 한 줄기 푸른 빛이 내비치는 것 같다. 로우 이모와 함께 타우누스 산에 갔을 때 무지개를 본 적이 있었다. 이모는 몹시 기뻐하며 폴란드 말로 노래를 불렀다. 다 이해할 수는 없었지만 아름다운 노래였다. 나는 아무에게도 들리지 않게 속으로만 그 멜로디를 흥얼거려 보았다.

한 시 반이 되자 엘리자벳이 말했다.

"어서 가야 해."

나는 다른 아이들 몰래 담요를 살짝 쓰다듬고 나서 작업실로 향했다. 끊어진 운동화 끈은 손에 들고 갔다.

작업실에는 아이들이 많았다. 2학년과 3학년 여자아이들이 전부 모여 있었다. 서른 명도 넘었다. 아이들은 책상과 의자 그리고 창턱에도 앉았다. 아이들이 떠드는 소리가 시끄러웠다. 가방을 모아 두는 창고 옆 벽에 붙은 책상에는 잉에가 앉아 있었다. 잉에가 내게 눈을 찡긋하며 자기 옆자리를 손바닥으로 톡톡 쳤다. 옆에 빈자리가 있다는 말이다.

커다란 작업대 위에는 종이 상자 세 개가 놓여 있었다. 우어반 사감이 그 위에 손을 얹은 채 모두들 조용해질 때까지 기다렸다.

잉에가 속삭였다.

"미국에서 구호품 소포가 왔는지도 몰라. 초콜릿이랑 땅콩 버터가 들어 있는 구호품 말이야, 할링카."

내가 속삭였다.

"구호품 같은 건 이제 없어. 벌써 오래 전에 끊어졌는걸."

잉에는 어깨를 으쓱했다.

"혹시 기적이 일어났는지 누가 아니?"

내 비밀 일기에는 이런 말이 적혀 있다.

"기적이 일어날 것을 절대로 바라지 마라. 기적이란 기대하지 않을 때, 그제야 일어난다."

이 글은 로우 이모가 나의 법적 후견인 자격을 두 번째로 신청했다가 또다시 실패했을 때 적어 놓았던 말이다. 그 당시 이모는 확실한 직장을 갖고 있었기 때문에 분명히 그 자격을 인정받을 수 있으리라고 확신했다.

우어반 사감이 손을 높이 들어올리면서 소리쳤다.

"조용히! 모두 잘 들어라. 너희들에게 전해 줄 좋은 뉴스가 하나 있다!"

잉에가 내게 바짝 다가앉으며 조용히 말했다.

"칫, 좋기는 뭐가 좋아! 저 사감이 말하는 뉴스는 늘 말짱 헛거야."

잉에는 우어반 사감을 좋아하지 않는다. 그 애는 전에 우리가 같이 있었던 힐데가르디스 보육원의 마우러 원장을 못내 잊지 못하는 것 같다. 둘 중에서 누가 더 좋은지 굳이 따진다면, 나는 우어반 사감이 더 좋다. 사감은 적어도 내가 무슨 생각을 하는지 묻는 일도 없고, 만나기만 하면 끌어안고 뽀뽀를 퍼붓는 짓도 하지 않는다.

우어반 사감이 손뼉을 몇 번 치자 모두 조용해졌다. 사감은 '어머니 쉼터'라는 단체를 우리에게 소개했다. 대통령 영부인인 엘리 호이스-크납 여사가 1950년, 그러니까 2년 전에 설립한 것이라고 했다. 호이스-크납 여사가 누구인지는 들어 본 적은 없지만 그 이름만큼은 들어 본 것 같았다. 아마 라디오에서 많이 들어서 그럴 터였다. 어쨌든 대통령이 정확히 무슨 일을 하는 사람인지는 잘 모른다. 우어반 사감은 호이스-크납 여사가 아주 마음씨 곱고 지혜롭고 인자한 분이라고 했다. 그래서 불쌍한 어머니들이 요양할 수 있도록 돕는 것은 물론이고 호이스-크납 여사를 기쁘게 해 드리기 위해서라도 어머니 쉼터를 위한 기금을 모금해 오라는 것이었다.

잉에가 물었다.
"요양이 뭐예요?"
요양이란 허약해진 몸을 다시 건강하게 하는 거라고 우어반 사감이 설명해 주었다.

　나는 전에 그런 데서 지낸 적이 있어서 잘 알고 있다. 그런 곳을 보통 요양원이라고 하는데, 그 곳에서는 날마다 빵 위에 버터를 듬뿍 발라 먹고 우유도 많이 마신다. 그리고 점심 식사 후에는 몸을 따뜻하게 감싸고 야외에 놓인 안락의자에 누워 있어야만 한다. 날씨가 추워도 마찬가지다.

　난 요양원을 별로 좋아하지 않았다. 아는 사람이 없었기 때문이다. 아는 사람이라고는 딱 하나 한네로레가 있었는데 그 애는 얼마 지나지 않아 죽었다. 그래도 건강은 다시 좋아졌다. 버터를 그렇게 많이 먹어 댔으니 당연한 일이다. 로우 이모도 한 달에 한 번씩 나에게 병문안을 왔다. 나는 거의 반 년을 요양원에서 지냈다. 그리고 2년 전 호이스-크납(성이 왜 두 개나 되는 걸까?) 여사가 어머니 쉼터를 설립할 무렵 보육원으로 들어갔다. 지금 내가 있는 곳이 아니라 어린아이들만 있던 힐데가르디스 보육원이었다. 이 곳으로는 작년 부활절이 끝난 뒤, 그 보육원에서 같이 지냈던 아이들 몇 명과 함께 왔다. 앞으로 얼마나 오랫동안 이 곳에서 살게 될지는 아무도 모른다. 운이 좋으면 로우 이모가 남자를 만나 결혼하게 될 것이다. 그렇지 않으면 앞으로도 몇 년은 더 있어야 한다. 그 생각은 아예 하고 싶지도 않다. 상상할 수도 없고 상상하고 싶지도 않다.

　나는 주잔네와 클라우디아, 그리고 1학년에 새로 전학 온 아이의 머리 너머로 창 밖을 바라보았다. 밖이 너무 환해서 아이들의 얼굴은 흐릿한 윤곽만 보였다. 파란 하늘엔 흰 구름이 몇 점 흘러가고 큰 밤나무 우듬지만 가까스로 보였다.

우어반 사감이 말했다.

"어머니들은 쉼터에 혼자 오게 돼. 아이들을 데려오지 않아야 책임에서 벗어날 수 있으니까. 애들이 많은 어머니들은 날마다 해야 할 일이 너무 많거든."

1학년에 새로 전학 온 아이가 말했다.

"우리들의 어머니를 위해서 그런 곳이 생긴 건 아니잖아요. 우리들의 어머니를 위한 건 아니라고요."

"그만 해!"

주잔네가 큰 소리로 말했다. 그 애에게는 어머니가 없다.

"너희들 어머니의 경우는 조금 다르지. 하지만 자식이 다섯이나 되는 어머니를 한번 상상해 봐. 아침부터 저녁 늦게까지 아이들을 위해 요리하고 빨래를 하니까, 쓰러지지 않으려면 쉴 시간도 있어야 하거든."

우어반 사감이 타이르듯 말했다.

나는 하루 종일 요리하고 빨래하는 어머니의 모습을 상상할 수조차 없다. 더구나 이른 아침부터 저녁 늦게까지 종종거리며 무슨 일인가를 하는 엄마 모습은 더더욱 생각할 수 없다. 사실 나는 오직 우리 엄마만 알고 있을 뿐 다른 어머니들이 어떤지는 잘 모른다. 솔직히 말하면, 차라리 엄마를 몰랐더라면 더 좋았을 거라는 생각을 하곤 한다. 로우 이모는 내가 그런 이야기를 꺼낼 때면 늘 "그만 해라!" 하며 날 꾸짖곤 했다.
"네 엄마한테는 아주 힘든 고비가 많았어. 그런데 그 고비를 잘 넘기지 못한 거야."
도대체 그것이 무슨 고비였는지 이모는 내게 한 번도 말해 주지 않았다.
"고통이 뭔지 잘 알고 있었다면 왜 날 그렇게 학대한 거죠?"
내가 묻자 로우 이모는 나를 무릎에 앉히고 쓰다듬어 주면서 눈물을 비쳤다. 그러고는 이렇게 말했다.
"네 엄마는 영혼에 병이 들었단다. 할링카, 사람은 겉으로만 상처를 입는 게 아니야. 그보다 더 깊이 들어가면 영혼도 다칠 수 있지. 사람이 끔찍하고 아주 무서운 일을 겪었다고 해서 저절로 더 나은 사람이 된다는 법은 없단다. 오히려 그 사람 자체가 스스로 끔찍하고 무시무시한 사람이 될 수도 있지."
단지 그 말뿐 이모는 그 이상은 말하고 싶어하지 않았다.
잉에가 뾰로통한 얼굴로 말했다.
"자식을 다섯이나 낳은 엄마들은 어차피 자업자득이야. 난 절대 아이를 낳지 않을 거야, 단 한 명도."
나는 자식이 있으면 좋겠다고 생각해 본 적은 없지만, 이왕 낳게 된다면 둘만 낳고 싶다. 엄마는 나 하나만 낳았고, 하루 종일 종종거리며 일을 했던 적도 없다. 엄마가 지금 무엇을 하며 지내는지 나는 전혀 모른다. 이제는 나와 상관 없는 일이 되었다. 이제는 말이다. 엄마와 같이 살았을 때에도 엄마가 나를 위해 요리를 했던 적은 아주 드물었다.
"아이를 전혀 돌보지 않아요. 그러니 양육권을 박탈해야 합니다. 저 여자는 아이를 학대하고 있어요."
사회복지사도 그렇게 말했다.
어떤 말은 듣기만 해도 머리가 아파 오고 금방 눈물이 쏟아질 것 같은 것이 있다. 정말 그렇다. 그 말이 실제로 무슨 일과 관계되어 있는지는 전혀 상관이 없다. '학대하다' 라는 단어도 그런 것들 가운데 하나이다.
나는 아이들 몰래 손을 입으로 가져가 엄지손가락을 꼭 깨물었다. 뭔가 다른 쪽으로 빨리 생각을 돌리고 싶을 때, 그렇게 하면 늘 효과가 있다.
우어반 사감이 말을 이었다.
"그러니까 정말 좋은 시설이지. 그래서 이런 일에 적극 참여하면 아주 의미 있는 일이 될 거야. 가능하면 많은 아이들이 기금 모금에 참여했으면 좋겠다. 자, 누가 신청하겠니?"
로우 이모에게는 자식이 없다. 어쩌면 앞으로 낳게 될지도 모른다. 요즘 샘 실버 엉클을 만나고 있는 중이니까. 하지만 솔직히 그렇게 되지 않았으면 좋겠다. 나는 이모에게 친자식이 생기는 것을 원치 않는다. 그렇게 되면 이모는 하루 종일 종종거리며 일하느라 나를 생각할 틈도 없을 테니까.
아이들이 중구난방으로 떠들어 대서 주위가 몹시 소란스러웠다.

잉에가 내게 말했다.

"우리 엄마한테는 어머니 쉼터 같은 건 필요 없어. 날마다 점심때까지 침대에 누워 있거든. 어쨌든 전에는 늘 그랬어. 너네 엄마는?"

엄마가 언제까지 침대에 누워 있었는지 기억이 나지 않는다. 다만 엄마가 가까스로 잠이 들 때까지 아주 오랫동안 기다려야만 했던 일은 뚜렷이 기억할 수 있다. 엄마가 잠이 들어야 비로소 내게 별일이 일어나지 않기 때문이었다. 하지만 그게 잉에와 무슨 상관이 있겠는가. 아무하고도 상관 없는 일이다.

난 잉에를 이해할 수 없다. 잉에는 머리에 떠오르는 말을 거리낌 없이 내뱉는다. 도무지 아무 생각이 없는 아이 같다. 언젠가 듀로가 잉에에게 말했다.

"너네 엄마는 미군 창녀야."

그 때 잉에는 이렇게 말했다.

"맞아. 그래서 나보고 어쩌라고? 넌 그걸 내가 좋아하기라도 한다고 생각하는 거야?"

잉에는 기숙사에 사는 아이들 가운데 제일 이상한 애다. 그 애를 착하다고 해야 할지, 아니면 멍청하다고 해야 할지 도무지 종잡을 수가 없다.

어쨌든 난 그 애에게 아무 대답도 하지 않았다.

엄마 생각은 더 하고 싶지 않다. 차라리 로우 이모를 생각하고 싶다. 그리고 만약 이모가 자식을 다섯이나 낳고 일을 많이

해야만 한다면, 그 때는 나도 이모를 쉬게 하고 싶다. 당연히 그렇게 되기를 바란다. 그래서 나는 손을 번쩍 들었다. 제일 첫 번째로.

"저 신청할게요."

"당연히 해야지. 집시들이 선천적으로 구걸을 잘한다는 건 누구나 다 아는 사실이니까."

다른 아이들이 다 들을 수 있을 만큼 엘리자벳이 큰 소리로 말했다.

몇몇 아이들이 킥킥거리며 웃었다. 우어반 사감은 잠시 눈살을 찌푸리기만 할 뿐 못 들은 척했다.

나도 들은 기색을 내비치지 않았다. 그렇게 하는 게 가장 좋은 방법이다. 내가 집시가 아니라 유태인이라는 사실을 말해주어야 했을까? 아니, 그렇게 하지 않는 편이 더 낫다. 아이들은 집시보다 유태인을 더 혐오할 테니까. 난 고개를 푹 숙이고 끊어진 운동화 끈을 다시 단단히 묶어 놓으려고 했다. 그런데 그게 쉽지 않았다. 양쪽 끝을 잡아 이전보다 아래 부분에 리본을 만들어 나중에 벗기 편하게 하려고 했는데 그러기에는 끈이 짧아져서 질끈 묶어 놓을 수밖에 없게 되었다.

우어반 사감이 말했다.

"이 모금함에 돈을 가장 많이 모아 오는 사람은 나중에 상을 받게 된다."

잉에가 물었다.

"상품이 뭔데요?"

"깜짝 놀랄 만한 상품이지. 어머니 쉼터의 원장님이 큰 상을 주시겠다고 했거든."

효과가 바로 나타났다. 다른 아이들도 하나 둘 자발적으로 나섰다. 그래도 잉에는 기금을 모으러 가지 않겠다고 했다. 상을 준다는데도.

잉에가 화난 얼굴로 말했다.

"나는 구걸하러 나갈 마음이 없어요. 엄마가 나한테 날마다 구걸해 오라고 해서 기숙사로 피해 온 거란 말이에요."

"이건 구걸이 아니야. 좋은 목적을 위한 기금 모금이지. 억지로 하라는 말도 아니다. 하고 싶은 사람만 자발적으로 참여하는 것을 원하니까. 네가 하지 않겠다면 자연히 상도 받을 수 없겠지."

사감은 호이스-크납 여사와 어머니 쉼터, 그리고 이 일이 얼마나 훌륭하고 칭찬받을 만한 일인지에 대해 한참 동안 늘어놓더니 끝으로 이렇게 말했다.

"기금 모금에 나서겠다고 한 사람은 이 자리에 남도록. 다른 사람들은 각자 방으로 돌아가도 좋아. 하지만 너무 시끄럽게 굴진 마라. 지금은 점심 먹고 조용히 쉬는 시간이니까."

모두 열다섯 명이 남았다. 우리 방 아이들 가운데에는 나와 엘리자벳뿐이었다. 당연한 일이다. 레나테는 거의 벙어리나 마찬가지여서 꼭 필요할 때에만 입을 열고, 도로테아는 낯선 사람들이 쳐다보는 것을 질색하기 때문에 웬만하면 밖에 나가지 않으려 하고, 로제마리는 모든 일에 게으르기 짝이 없고, 유타는 두 사람 이상이 함께 일하는 건 무조건 싫어하고, 주잔네는 '다른 사람들' 마음에 들 만한 일은 죽어도 하지 않으려고 한다. 그 애가 생각하는 다른 사람들이란, 어른들과 기숙사에 살지 않는 보통 아이들이다. 그 애는 그들을 증오한다. 그렇다고 그 애가 우리들이 좋아할 만한 일을 하는 경우도 아주 드물다. 그 애가 왜 그렇게 됐는지는 모른다. 분명 무슨 이유가 있었을 거다. 원래부터 나쁜 애였던 것 같진 않다. 먼저 건드리지 않으면 괴롭히지 않는다. 주잔네는 힐데가르디스 보육원에서도 같이 지냈지만 거기서는 나와 같은 방을 쓰지 않았다. 주잔네는 동생이 아직도 그 보육원에 있어서 한 달에 한 번씩 동생을 만나러 그 곳에 간다.

우어반 사감이 비로소 종이 상자를 열었다. 기금 모금함이 그 안에 들어 있었다. 우리는 각자 하나씩 받았다. 사감의 예상보다 신청자가 적어서 상자 하나는 뜯지 않아도 되었다.

모금함은 양철로 만들어져 있다. 손잡이가 있고, 돈을 집어넣을 수 있도록 뚜껑에 작은 구멍이 뚫려 있다. 위로 볼록한 뚜껑은 아무도 열 수 없게 납으로 봉인되어 있다. 당연하다. 누가 기숙사 아이들에게 뚜껑을 열 수 있는 모금함을 주겠는가? 나라면 아예 안전 자물쇠를 채워 놓았을 것이다. 모금함은 짙은 빨간색 바탕에 까만 글씨로 '어머니 쉼터'라고 씌어 있었다.

우어반 사감이 말했다.

"모금은 오늘과 내일 이틀 동안 하고 토요일 오전에 모금함을 걷는다. 앞으로 이틀 동안 두 시 반부터 다섯 시까지 외출을 허락해 줄 거야. 브라이트코프 씨한테는 이미 통보해 두었다. 기금은 어디에서 모으든 상관 없어. 주택가든 길거리든, 어디서든지 다 할 수 있다. 가서 많이 모아 오기 바란다. 그리고 모두 예의 바르게 행동해라! 항의받는 일이 없도록!"

2장.
평생을 지옥에서 보내느니
에덴 동산에서 단 5분을 사는 것이 낫다

    나는 혼자 밖으로 나갔다. 다른 아이들은 둘씩 셋씩 짝을 지어 나갔다. 어차피 누구랑 같이 나갈 생각도 없었지만, 같이 가자고 묻는 아이도 없었다.

    관리인 브라이트코프 씨가 문을 활짝 열어 놓았다. 도대체가 이름하고 전혀 어울리지 않는 사람이다(브라이트코프는 '큰 머리'라는 뜻이다:옮긴이). 키도 남자치고는 작고, 머리도 조그맣고 얼굴도 너무 작아 두 눈이 거의 붙어 있다시피하다. 하지만 어깨는 넓다. 브라이트코프 씨는 학교와 기숙사를 관리하는 관리인일 뿐만 아니라 체조 동호회 회장도 맡고 있다. 체조 동호인들은 매주 화요일 저녁에 학교 강당에 모여 운동한다. 기숙사에 사는 아이들 가운데 몇몇도 정기적으로 참여한다.

전에 자우어 체육 선생님이 내게 체조를 하면 재미있을 거라고 해서 나도 가 본 적이 있다. 그런데 막상 가 보니 아니었다. 첫째는 기구 운동이 별로 재미없었고, 둘째는 브라이트코프 씨가 자꾸만 성가시게 불어 대는 호루라기 소리가 싫었다. 브라이트코프 씨는 부인과 함께 지하실에서 산다. 아주머니는 언제나 설거지를 도맡아서 하기 때문에 우리와 마주칠 일이 별로 없다. 설거지는 기숙사에서 가장 고약스러운 일이다.

날씨가 화창했다. 문득 두 집 너머에서 개 짖는 소리가 들렸다. 늘 짖는 소리만 들었을 뿐 나는 아직까지 그 개를 한 번도 보지 못했다. 어떤 때는 늦은 밤 침대에 누웠을 때 개 짖는 소리가 들릴 때도 있다. 이번에도 개는 보이지 않고 닫힌 대문 뒤에서 소리만 났다. 크고 낮은 소리였다. 나는 크고 검은데다 조금 무섭게 생긴 개를 상상해 보았다.

나는 개를 무척 좋아한다. 사람을 보기만 하면 짖어 대는 로우 이모네 주인집 개처럼 조그만 개가 아니라, 덩치도 크고 까맣고 무섭게 생긴 개, 누가 나를 때리려고만 해도 눈을 부라리며 털을 빳빳하게 세우는 그런 개가 좋다. 내가 "물어!" 하고 명령만 내리면 즉시 달려가 덥석 물어 버리는 그런 개 말이다. 그런 개라면 도깨비방망이보다 더 좋을 것 같다.

사실 난 도깨비방망이가 나오는 옛이야기를 무척 좋아한다. 금똥을 누는 노새는 잘 상상이 되지 않지만 그것만 빼면 다 좋다. 가끔은 나도 마법의 식탁이나 도깨비방망이가 있었으면 좋겠다는 생각을 한다. 만약 내게 도깨비방망이가 있다면 휘두르고 싶은 데가 꽤 많을 것 같다. 당연히 듀로도 한 방 먹이고, 누구보다 엘리자벳을 한 방 먹이고 싶다. 방망이에 맞아 거의 죽을 때까지 엘리자벳을 때려 주면 좋겠다는 생각을 할 때도 있다. 하지만 그런 생각을 하면 영혼이 시커멓게 되기 때문에 아예 생각도 하지 않아야 한다. 로우 이모는 마음과 영혼이 다른 어떤 것들보다 훨씬 중요하므로 소중하게 다루어야 한다고 늘 말했다. 이모는 언제나 좋은 말만 한다.

어떤 남자 어른이 내 쪽으로 걸어왔다. 난 그 아저씨 앞에 통을 내밀었다.

"이게 뭐지?"

그 아저씨가 물었다.

"어머니 쉼터를 위한 기금 모금이에요."

나는 이렇게 말하고 곧이어 휴식이 절실하게 필요한 불쌍한 어머니들이 있는데 영부인인 호이스-크납 여사가 이들을 도와주려고 단체를 설립했다는 설명을 덧붙였다. 물론 그 모든 것은 많은 사람들이 기금 모금에 협조해야 가능하며, 그렇게 되면 어머니들이 자식 걱정 없이 와서 쉴 수 있는 쉼터가 생긴다는 말도 했다. 처음인데도 나는 한마디도 더듬거리지 않고 천천히 또박또박 말했다.

"나도 이 날 이 때까지 힘들게 일해 왔어."

아저씨가 언짢아하며 말했다.

"서혜부 탈장으로 병원에 입원해 수술을 받느라 딱 한 번 쉬었을 뿐이야. 그러니 나 같은 사람 귀찮게 하지 마라."

난 더 이상 귀찮게 하지 않았다. 그러나 몇 걸음 걸어가다가 뒤를 돌아보고 그 아저씨를 향해 큰 소리로 말했다.

"아저씨 어머니를 한번 생각해 봐요! 평생 아저씨를 씻기고 먹였을 거 아니에요! 아저씨는 분명히 입맛도 아주 까다로운 아들이었을 거예요."

아저씨가 주먹을 높이 들며 겁을 줬다. 나는 모금통을 움켜쥐고 기차역까지 숨이 턱에 닿도록 정신없이 달렸다. 역에는 예상보다 사람들이 적었다. 어차피 나하고는 상관 없는 일이었다. 대합실로 가서 기차 출발 시각을 알리는 안내판 앞에 섰다. 토요일에 로우 이모한테 가는 기차의 출발 시각을 정확히 알고 있으면서도 그랬다. 오후 2시 27분과 7시 48분에 있다. 오후 5시 15분에도 한 대가 있긴 하지만 주말이 아닌 주중에만 다닌다.

기차역에서 나오는데 갑자기 하늘에 먹구름이 꼈다. 멀리 클라우디아와 1학년에 새로 전학 온 애가 길모퉁이를 돌아 나오는 게 보였다. 둘 다 손에 빨간 통을 들고 있었다. 그 애들 옆에는 주잔네가 통도 없이 걸어왔다. 기금을 모금하러 간다고도 하지 않고 어떻게 기숙사를 빠져 나왔을까? 그런데 왜 함께 다니는 거지? 아마도 모처럼 외출이 허용된 틈을 타서 다른 짓을 하려고 나왔을 거다. 그러다가 들키면 마구간 청소를 해야 할 텐데. 하지만 그것도 나와 아무 상관 없는 일이다.

그렇기는 해도 그 애들과 마주치고 싶지는 않았다. 나는 빌헬름 가 쪽으로 길을 꺾어 거슬러 올라가다가 큰 신호등까지 갔다. 그 곳에는 가게가 몇 있다. 길 한쪽에는 빵집과 정육점이 있고, 맞은편에는 폭탄에 맞아 절반쯤 무너진 집에서 옷을 판다. 정육점에서 흘러나오는 소시지 냄새가 나를 유혹했다.

나는 정육점 출입문 근처에 서서 모금함을 사람들 코밑에 바짝 갖다 대며, "어머니 쉼터를 위한 기금 모금입니다." 하고 소리쳤다.

"휴식이 꼭 필요한데도 돈이 없는 많은 어머니들을 위한 겁니다. 마음놓고 휴가를 갈 수 없는 사람들이에요. 여러분의 어머니를 한번 생각해 보세요."

"그건 나보고 하는 소리구만. 나도 휴가를 갈 수 없는 형편이거든."

한 아주머니가 내게 말했다. 그런데 뜻밖에도 그 아주머니가 지갑에서 동전 하나를 꺼내 통 속에 넣어 주었다. 동전 소리가 요란하게 났다. 첫 번째 모금이다!

나는 날아갈 듯 기쁜 표정으로 "감사합니다!" 하고 말했다. 그 아주머니는 어린아이가 있다고 생각하기엔 너무 늙어서 어머니 쉼터의 혜택은 못 받을 것처럼 보였다.

소시지 냄새로 머리가 어지러웠다. 배가 너무 고팠다. 마지막 남은 감자는 왜 항상 듀로가 먹어야 하는 걸까? 그 애는 나보다 훨씬 더 뚱뚱한데 말이다. 나는 벽에 몸을 기댄 채, 지금 맡고 있는 냄새가 소시지 냄새가 아니고 거친 보리로 만든 그리스 수프 냄새라고 억지로 생각해 보려고 했다. 내가 정말 싫어하는 수프다. 냄새만 맡아도 입맛이 떨어질 정도다. 그런데 이상하게도 그 수프 냄새가 어땠는지 전혀 기억이 나질 않았다. 다행히 잉에가 보리로 만든 수프를 무척 좋아해서 다음날 아침 식사 때 나올 잉에 몫의 마가린을 절반 받기로 하고 수프를 넘겨주곤 했다.

차라리 다른 곳으로 가는 게 나았겠지만, 그럴 수도 없었다. 소시지 냄새가 마치 손이라도 달려 있는 것처럼 나를 꽉 붙잡았다. 책을 읽다 보면 사람들이 종종 무엇인가에 완전히 포로가 되었다는 표현을 읽을 때가 있다. 난 그 소시지 냄새에 완전히 포로가 되었다.

정육점 안에서 주인 여자의 말소리가 들려왔다.

"무엇을 드릴까요?"

주인 여자의 목소리는 고음인데다 몹시 거칠어서 듣기에 거북했다. 다른 사람들의 소리는 모두 그 여자의 목소리에 묻혀서 웅얼거리는 것처럼 들렸다.

"무엇을 드릴까요?"

나는 카셀 갈비살을 달라고 말하고 싶었다. 크고 통통한 덩어리로. 카셀 갈비 스테이크를 먹어 본 건 딱 한 번뿐이다. 하지만 그 때는 제대로 먹어 보지도 못했다. 요양원에서 사회복지사와 함께 힐데가르디스 보육원으로 가던 중이었는데, 보육원에 대한 두려움이 너무나도 컸기 때문에 거의 먹지 못했다. 그러나 그 이름만은 잊지 않았다. 보육원에서 살지 않는 아이들은 카셀 갈비 스테이크를 자주 먹을까? 모른다. 난 다른 아이들이 어떻게 살고 있는지 전혀 알지 못한다. 그 때 그 사회복지사는 판사에게 "이 아이는 정상적인 가정 생활을 모릅니다." 라고 말했다.

동전들이 통 속으로 속속 들어왔다. 갈수록 동전 떨어지는 소리가 둔탁하게 나는 걸 보니 바닥이 이미 채워진 모양이다. 많은 사람들이 내게 돈을 주었다.

시간이 지나자 차츰 꾀도 생겼다. 뺨을 입 안쪽으로 들여보내 오목하게 만들고, 눈은 크게 뜨고, 어깨는 조금 들어올려 몸을 구부정하게 만들었다. 사람들한테 동정을 받으려면 아주 불쌍하고 딱해 보여야 하기 때문이다. 그렇게 하고 있으니까 사람들이 내게 뭔가 주고 싶어했다. 특히 옷을 잘 차려입힌 아이들을 데리고 가는 어머니들은 동전 한두 개를 꺼내 모금함에 얼른 넣었다. 그러고는 마치 나한테서 무슨 병이라도 옮을세라 아이들을 데리고 종종걸음으로 사라졌다.

전에도 배가 고플 때면 가끔 구걸을 했다. 하지만 그 때는 사람들에게 쫓겨 다니기 일쑤였다. 이제는 아무도 날 쫓아내지 않았다. 손에 모금함을 들고 있으니까. 지금 난 이른바 좋은 일을 하고 있는 중인 것이다. 모두들 나를 봐! 다들 나를 좀 본 받으라구!

  정육점 옆은 많은 사람들이 고기와 소시지를 사려고 들락날락하는 곳이기 때문에 꽤 괜찮은 자리였다.

  "무엇을 드릴까요? 뭘 찾으세요?"

  주인 여자가 판매대에서 계속 소리쳤다.

  기숙사에서는 일요일에만 고기를 먹는다. 그러나 대부분은 고깃국이고, 소스를 끼얹은 구운 고기를 먹는 날은 아주 드물다. 일주일에 두세 번은 수프가 나온다. 배추나 완두콩 혹은 강낭콩이 들어 있는데, 운이 좋으면 베이컨이 몇 조각 들어 있을 때도 있다. 수요일 저녁에는 주로 잡고기를 섞어 만든 소시지를 세 조각 받는다. 한번은 점심 시간에 삶은 달걀과 겨자 소스를 받은 적도 있다. 목요일이나 금요일, 그 밖의 다른 날에는 보통 삶은 감자나 쌀죽, 보리죽, 국수가 나온다.

  기숙사에 사는 아이들은 요리사 슈묵 아주머니가 우리 몫으로 나온 고기를 가로챈다고들 수군댄다. 하긴 그 아주머니는 아주 뚱뚱하고, 우리 대부분은 비교적 마른 편이긴 하다. 하지만 나는 슈묵 아주머니가 친절하게 대해 주는데다 뭔가 잘못해서 조리실 당번이라도 할 때면 먹을 것도 주곤 해서 그 말을 별로 믿지 않는다.

  "어머니 쉼터를 위한 기금 모금입니다!"

  나는 모금함을 높이 들어올리며 소리쳤다.

  한 아주머니가 정육점으로 들어가려다 말고 돈을 넣어 주었다. 그럼에도 나는 소시지 냄새를 이기는 게 너무 힘들어서 내일 아침엔 다른 장소를 물색해야겠다고 결심했다.

길 건너편 집 그림자가 어느새 내가 서 있는 곳 바로 앞까지 길게 드리워졌다. 통 안에 돈을 넣어 주던 아저씨에게 시간을 물어 보니 네 시 반이 조금 넘었다고 했다.

정육점 안으로 들어갔다. 바닥은 빨간색과 노란색 타일이 번갈아 깔려 있었다. 목소리가 크고 날카로운 주인 여자는 뚱뚱한 몸집에 머리가 희끗희끗했으며, 왼쪽 콧잔등에 작은 사마귀가 있었다. 푸른색 줄무늬 옷 위에 걸친 흰 앞치마엔 불그스레한 얼룩이 져 있었다. 아마도 고기를 썰 때 손에 묻은 핏물을 닦은 것 같았다.

"무엇을 드릴까요?"

주인 여자가 내게 물었다. 적어도 백 번은 더 들은 그 목소리 그대로였다. 그러나 지금은 내게 묻고 있었다.

나는 통을 높이 치켜올리고, 달달 외우고 있던 말을 줄줄이 읊었다. 그러면서도 내 눈길은 순살 소시지, 살라미 소시지, 돼지 간 소시지, 돼지 피로 만든 소시지, 머릿고기 소시지, 훈제 소시지, 그리고 이름을 알 수 없는 소시지들이 잔뜩 들어 있는 진열장에서 떨어질 줄 몰랐다. 소시지, 소시지, 소시지들……. 게다가 햄도 있었다. 주인이 진열장 너머로 몸을 깊숙이 숙이며 무언가를 모금함 속에 집어넣었다.

"소시지 한 조각 줄까?"

주인 여자가 물었다.

나는 할 말을 잃고 고개만 끄덕였다.

"어떤 것을 제일 좋아하지?"

주인 여자가 다시 물었다.

나는 깜짝 놀랐다. 그게 무슨 말인가? 왜 그냥 아무거나 주지 않는 걸까? 주인 여자가 날 놀리려는 걸까? 소시지를 주겠다는 말은 진심이 아니었을까? 나는 금방이라도 눈물이 왈칵 쏟아질 것 같았다.

"괜찮다, 애야."

주인 여자의 목소리가 갑자기 낮아지고 아주 부드러워졌다. 주인 여자가 내게 살코기로 만든 커다란 소시지를 내밀었다. 적어도 10센티미터는 될 것 같았다.

"그런데 넌 어디에서 왔니? 학교 기숙사에서?"

주인 여자의 목소리가 점점 더 부드러워졌다. 나는 고개를 끄덕이며 소시지를 받아 쥐었다. 갑자기 입 속에 침이 잔뜩 고여서 고맙다는 말조차 할 수 없었다. 주인 여자가 아주 다정한 눈길로 나를 바라보았다.

"내일 다시 들러라."

이번에도 걸걸한 목소리가 아닌 다정한 목소리였다. 그제야 나는 가까스로 "고맙습니다, 안녕히 계세요." 하고 말할 수 있었다.

집으로 돌아가면서 소시지의 겉껍질을 천천히 벗겨 냈다.

아주 천천히 먹고 싶어서 체육관에서 멀지 않은 곳에 있는 화물 기차역을 지나 빙 돌아서 갔다.

"평생을 지옥에서 보내느니 에덴 동산에서 단 5분을 사는 것이 낫다."

특별한 음식을 먹을 때마다 로우 이모가 했던 말이다.

나는 기숙사 정문에 도착하기 직전에 속껍질도 마저 입에 넣고 천천히 씹은 다음, 초인종을 누르기 전에 다 삼켜 버렸다.

모금함은 『허클베리 핀의 모험』을 놓아 둔 침대 테이블 위에 올려놓았다. 내가 가장 좋아하는 책이라 계속 대출받고 있다. 하루에 한 쪽도 못 읽을 때도 있지만, 그래도 그 책을 침대 곁에 두면 기분이 좋다. 도서관장을 찾아가 책을 아예 잃어버렸다고 하면 어떨까 하는 생각이 들 때도 있다. 그러면 기적이 일어나서 관장이 "괜찮아, 다시 사면 되지 뭐." 하고 말할지도 모른다. 그리고 만약 책값을 물어줘야만 한다면, 재빨리 다시 찾은 것처럼 할 수도 있을 테니 말이다. 한번 시도해 봐야겠다.

나는 책상 앞에 앉아 숙제를 하기 시작했다.

엘리자벳이 내 침대 테이블 옆을 지나다가 물어 보지도 않고 내 모금함을 높이 들어올렸다. 무게를 가늠해 보려는지 양손으로 번갈아 가며 모금함을 들어 보고는 질투 어린 표정을 지었다.

"네 것이 더 무겁네. 당연히 그렇겠지."

그래도 이번엔 집시가 어떻다는 말 따위는 하지 않았다. 설령 그런 말을 했다 해도 기분 나쁘진 않았을 것이다. 내 뱃속엔 커다란 소시지가 들어 있으니까. 물론 거기에 대해서는 한마디도 하지 않았다. 나도 바보는 아니니까! 만약 그 말을 했다면 내일 당장이라도 엘리자벳이 정육점을 찾아갈 것이다.

빵집도 한번 시도해 볼 만하다. 혹시 소시지와 같이 먹을 빵까지 얻게 될지 누가 알겠는가? 충분히 그럴 수 있는 일이다.

3장.
가난한 사람은 도둑이 무섭지 않다

취침 시간을 알리는 종이 울린 지 한참 지났다. 나는 침대에서 담요를 걷어 냈다. 담요는 내가 가지고 들어온 물건이다. 다른 것들은 내 것이라고 말할 수 있는 게 거의 없다. 내가 예전부터 갖고 있던 물건은 그 동안 닳고 닳아서 군데군데 실밥이 터지고, 아르눌프가 선물로 준 주머니칼이 다 들여다보일 만큼 낡은 책가방뿐이다.

"신경 쓰지 마. 가난한 사람은 도둑이 무섭지 않은 거야."

로우 이모가 봤다면 그렇게 말했을 거다.

그러나 그건 틀린 말이다. 오히려 가난한 사람이 얼마 되지 않는 것을 빼앗기지나 않을까 더 불안해한다. 부자는 어차피 많이 갖고 있으니까 어쩌다 도둑을 맞는다 해도 그다지 큰 일은 아니다. 원하는 것이 있을 때 손가락만 툭 퉁기면 다 가질 수 있을 테니 말이다. 하지만 누군가 나의 이 작은 담요를 훔쳐 가 버린다면 너무나 슬프고 치명적인 일이 될 것이다. 부자도 딱 하나만 갖고 있는 물건이 있을 수 있겠지만, 언제라도 새것으로 살 수는 있을 것이다. 하지만 나는 돈이 없어서 그렇게 하지 못한다.

로우 이모에게도 담요값이 그렇게 만만한 건 아니었다. 내가 힐데가르디스 보육원에서 지낼 때의 일이었다. 처음으로 이모에게 외출을 나갔을 때 이모는 이렇게 말했다.

"침대도 예뻐 보이게 하고, 나도 잊지 말라고 아주 예쁜 담요 하나 사 줄게."

하지만 이모의 두 번째 이유는 진심이 아니었다. 내가 로우 이모를 잊는다든가 혹은 잊고 싶어하는 일은 절대로 없으리라는 걸 이모도 잘 알고 있었기 때문이다.

헤를링 상가의 이불 가게 점원은 그 담요를 '낮잠 담요'라고 불렀다. 자잘한 꽃들이 촘촘히 박혀 있는 적갈색 담요였다.

"무늬가 밋밋한 것으로 고르자. 그래야 때가 타도 잘 안 보이거든."

로우 이모가 그 담요를 보고 말했다. 나는 진노란 동이나물꽃이 많이 찍혀 있는 담요가 오히려 더 좋아 보였지만 어쩔 수 없었다. 돈은 어차피 이모의 주머니에서 나가니까. 힘이 있는 자의 말이 언제나 맞다는 것을, 아직 모르는 게 많았던 그 때도 나는 잘 알고 있었다.

그래서 내 담요는 자잘한 황갈색 꽃에, 아주 작아서 보일락 말락한 초록색 이파리들이 그려져 있는 적갈색 담요로 결정되었다. 무늬가 정말로 밋밋해 보였다.

그래도 나는 조심을 하느라 절대로 신발을 신고 담요 위에 눕지 않는다. 결코 그런 일은 없다. 마음 같아서는 먼지가 묻지 않도록 겉옷도 벗고 싶지만, 그러기엔 이 기숙사는 난방이 잘 되지 않는다. 그리고 속옷이 겉옷보다 더 더러운 경우도 많다. 나는 담요를 차곡차곡 접어 의자 등받이에 걸쳐 놓았다.

도로테아가 보물 상자를 뒤적이고 있었다. 자신의 비밀들을 감추어 놓은 나무 상자다. 그 안에 무엇이 들어 있는지 정확히 아는 사람은 아무도 없다. 혹시라도 아는 사람이 있다면 친구인 엘리자벳뿐이다. 도로테아는 가끔 그 안에 들어 있는 구슬이라든가 우표라든가 반지를 보여 주곤 하지만 곧바로 다시 집어넣는다. 그리고 아무도 그 안을 몰래 들여다볼 수 없게 한다. 언제나 자물쇠로 채워 놓고는 노끈에 열쇠를 매달아 목에 걸고 다닌다.

"넌 네가 상을 받을 수 있을 거라고 생각하니?"

도로테아가 물었다.

"무슨 상인지 나도 알았으면 좋겠다."

나는 어깨를 한 번 들썩했다. 애쓰고 있으니까 상을 받으면 좋겠다. 그러나 그런 말을 입 밖으로 내뱉지는 않는다. 그렇게 말했다가 아무것도 안 되면 나를 비웃을 아이들 모습이 충분히 상상이 되니까. 절대로 말하지 않을 생각이다. 상품이 무엇인지는 모르지만, 그래도 상을 받고 싶다. 초콜릿일까? 책? 아니면 수채 물감? 혹은 마술 털실?

언젠가 유타가 할머니한테서 생일 선물로 마술 털실 같은 것을 받은 적이 있다. 뜨개질바늘이 함께 들어 있었는데 실타래 안에 선물이 숨겨져 있었다. 유타는 뜨개질은 하지 않고 실만 다 풀어 냈다. 그 안에 5마르크짜리 동전이 있었다. 유타는 몹시 좋아하며 그 주 일요일에 곧바로 극장에 가서 「쌍둥이 로테」를 보고 왔다. 그리고 우리에게 영화 이야기를 들려주었다. 주인공 여자아이들이 쌍둥이였다. "그런데 그 애들 가운데 한 명의 이름이 유타야." 라고 유타가 자랑스럽게 말했다.

도로테아가 비밀 상자의 뚜껑을 닫고 자물쇠를 채웠다. 그러고는 내 모금함을 높이 들고 흔들었다. 소리가 묵직했다.

"조용히 해!"

엘리자벳이 소리쳤다. 엘리자벳은 창가에 있는 자기 침대에 누워 한 손에는 책을 들고, 다른 쪽 팔로는 못난이 인형을 안고 있었다. 그 애는 다른 사람이 그 인형에 손도 못 대게 한다. 나는 이제까지 한 번도 인형을 가져 본 적이 없다. 적어도 그런 기억은 나지 않는다. 그 애 옆 작은 테이블 위에도 빨간색 모금함이 놓여 있었다.

불쑥 이상한 생각이 들었다. 사람을 의심하고 싶진 않지만 혹시 모르는 일이지 않은가. 나는 책가방 속에서 주머니칼을 꺼내 도로테아가 들고 있는 내 모금함을 빼앗아 통 밑에 빨간색으로 조심스럽게 'H'라는 글자를 파 놓았다. 한쪽 구석에 작게 새겨 놓긴 했지만 분명히 알아볼 수 있었다.

"바꾸면 안 되니까……. 모금함이 다 똑같이 생겼잖아."

나는 엘리자벳도 들을 수 있을 만큼 큰 소리로 말했다.

"넌 어떤 때 보면 되게 여우더라."

주잔네가 문가에 있는 침대에서 말했다. 나는 아무렇지도 않게 도로테아에게 모금함을 다시 돌려주었다.

부자가 도둑을 무서워한다는 로우 이모 말이 맞는 것 같다. 그러나 따지고 보면 모금함은 내 것이 아니라 어머니 쉼터의 것이다. 아니면 상을 준다고 한 원장의 것이든가. 내 생각엔 상품이 초콜릿일 것 같다.

도로테아는 모금함을 다시 내 테이블 위에 올려놓고 비밀상자를 옷장 속에 넣으러 갔다. 그리고 침대로 가기 전에 내 통을 다시 한 번 흔들었다.

"시끄러워! 이 책 좀 마저 다 읽고 싶단 말이야!"

잠자고 있는 유타가 기겁을 할 정도로 엘리자벳이 소리를 꽥 질렀다.

유타는 여느 때처럼 벌써 잠이 들어 있다. 언제나 맨 먼저 침대에 눕고 금방 잠이 들어서 우리는 그 애를 거의 개의치 않는다. 사실 평소에도 우리는 유타에 대해 별로 신경 쓰지 않는다. 그럴 이유가 없기 때문이다. 유타는 완전히 순둥이다. 키도 나보다 작다. 나보다 더 마르지는 않았지만.

나는 옷을 벗고 잠옷으로 갈아입었다.

문을 활짝 열어젖히며 우어반 사감이 말했다.

"너희들 아직 안 자고 있구나. 취침 종은 벌써 10분 전에 울렸을 텐데. 어서 빨리 침대로 들어가. 안 그러면 벌받는다."

나는 후닥닥 침대에 누워 이불을 턱까지 끌어올렸다.

우어반 사감이 말했다.

"너 씻기는 했니? 아니면 또 그냥 침대에 누운 거야? 척 보면 다 알아."

"조금 전에 세면실에 있었어요."

내가 기어들어가는 목소리로 대답했다. 그러면서도 얼굴색 하나 변하지 않았다.

"그렇다면 좋아. 엘리자벳, 책장 덮어. 잘 자라, 얘들아."

불이 꺼졌다. 처음에는 방 안이 온통 깜깜하더니 어둠에 익숙해지자 차츰 어둑어둑한 잿빛이 되었다. 우리 방에는 덧창문이 없고 천으로 된 커튼만 있다. 달빛이 비칠 때에는 방 안이 환해서 다른 침대에 누워 있는 아이들 얼굴까지 뚜렷이 다 보인다.

"꼭 가장 재미있는 대목에서 그래. 왜 우리한테는 스탠드가 없는 건지 난 정말 이해할 수가 없어."

엘리자벳이 어둠 속에서 투덜거렸다. 아무도 대답하지 않았다. 그런 멍청한 질문에 뭐라고 대꾸를 한단 말인가. 도대체 누가 우리에게 스탠드를 사 주겠는가? 전기 요금까지 더 드는데.

나는 침대에 누워 언제나처럼 천장을 올려다보았다. 왜 그런지는 모르지만, 나는 다른 아이들이 다 잠들고 나서야 잠이 든다. 처음부터 그랬고, 지금까지 한 번도 그러지 않은 적이 없었다.

전에 유타가 보았다는 영화를 생각해 보았다. 쌍둥이들이 휴양지 별장에서 다시 만났다고 했다. 그 곳이 대체 어떤 곳일까? 어떤 사람들이 휴양지 별장을 찾는 걸까? 유타는 그 곳이 우리가 사는 여기와는 완전히 다른 곳이고, 아이들은 좋은 옷을 입었다고 했다. 영화라서 그랬을 수도 있다. 어쨌든 두 여자 아이는 똑같이 생겼고, 그 둘이 정말 쌍둥이라는 것이 밝혀졌다. 한 아이는 아버지와, 다른 아이는 어머니와 함께 살고 있었지만 모두 행복한 생활을 하고 있었다. 결국 쌍둥이와 부모가 다시 모여 네 사람이 함께 살게 되었다.

나한테도 나와 생김새가 똑같은 여동생이 있다면 어떨까 하는 상상을 해 보았다. 그 애가 그냥 보통 아버지와 사는 것이 아니라 돈도 아주 많고 마음씨도 착한 아버지와 살고 있다면 어떨까? 갑자기 그 애에게 적개심이 솟구치며 소리내어 엉엉 울고 싶어졌다. 그 애가 진노란 동이나물꽃이 그려져 있는 옷을 입고, 머리에는 하얀 나비 리본을 꽂고 있는 모습이 떠올랐다. 그 애가 웃고 있었다. 나를 비웃는 것이다. 분노가 머리끝까지 치밀어올라 눈이 튀어나올 듯 압박감이 느껴졌다. 그렇게 풍족한 생활을 하고 있기 때문에 그 애가, 내 여동생이 한없이 미웠다.

유타가 자면서 기침을 했다. 갑자기 웃음이 터져 나왔다. 어차피 나한테 여동생 따위는 없다!

주잔네가 몸을 뒤척이는 것으로 보아 곧 잠이 들려는 모양이다. 처음에는 머리와 어깨를 함께 들썩거리다가 나중에는 머리만 그런다. 시간이 한참 걸릴 때도 있지만 어떤 때는 금방 잠이 들기도 한다. 조금 지나자 엘리자벳이 코 고는 소리를 냈다. 드르렁거리는 소리가 성가시기 짝이 없다. 하지만 축농증이 있으니 그 애로서도 어쩔 수 없는 일이다. 로제마리의 침대에서는 뒤척이는 소리도 나지 않았다.

마침내 레나테가 울기 시작했다. 그 애가 울면 나도 따라서 눈물이 나오기 때문에 억지로라도 좋은 기억을 떠올려야 한다. 나에게는 그것이 밤마다 가장 고통스러운 일이다. 레나테는 처음엔 낮고 작은 소리로 들릴락말락하게 울지만, 시간이 지나면 우는 소리가 점점 더 커진다. 그럴수록 다른 걸 생각하기가 점점 더 어려워진다. 소시지를 머릿속에 떠올려 보고 싶지만, 그러면 너무 허기가 져서 잠을 이룰 수 없을 것 같다. 잠자기 전에 먹을 걸 생각하는 것만큼 바보스러운 짓은 없다.

나는 오키드(서양란:옮긴이)를 생각해 보기로 했다. 책에서만 읽어서 어떻게 생겼는지는 잘 모른다. 하지만 이름이 예쁘니 아주 아름다운 꽃일 것 같다. 오키드. 오오-키이-드. 그것을 본 사람은 모두 마법에 걸릴 것 같다. 분명히 꽃송이도 크고 우아한 꽃일 것이다. 정원에 흔히 피어 있는 튤립처럼 눈에 확 띄고 색이 진한 그런 꽃은 아니다. 자주색, 심홍색, 보라색이 어우러진 아주 은은한 꽃이리라.

언젠가 내가 우어반 사감한테 심홍색이 어떤 색이냐고 물어본 적이 있다. 사감은 그림이 많이 들어 있는 화집에서 그 색을 보여 주었다. 짙은 붉은색으로, 아주 따뜻한 색이었다. 책에서는 그 색이 반짝거려 보였지만, 종이에 인쇄되어 있어서 그랬을 테고 실제 오키드는 반짝거리지 않을 것 같다. 우아하고 부드럽고 아주 예민해서 사람 손만 닿으면 금방 얼룩이 지는 꽃이겠지. 콜히쿰(백합과의 꽃:옮긴이)과 공통점이 많은 꽃이지만, 그것보다 훨씬 더 크고 신비스러운 꽃이리라. 적어도 나는 그렇게 상상해 본다. 오키드의 원산지는 열대 지역이다. 열대 지역이 구체적으로 어딘지는 모르지만 어쨌든 아주 먼 곳일 거다.

엘프리데는 지난 여름에 이탈리아에 갔었다. 그 애 엄마가 자가용이 있는 남자를 만나고 있었기 때문이다. 이탈리아에는 야자수가 많다고 그 애가 말했다. 난 야자수를 아직 한 번도 본 적이 없다. 로우 이모는 언젠가 돈을 많이 모으면 함께 이탈리아로 가자고 했다. 그리고 이탈리아에 대해서도 자세하게 설명해 주었다. 바다는 수평선 끝까지 짙은 푸른색이고, 바닷가에는 곱고 흰 모래가 펼쳐져 있으며, 새파란 하늘 아래 키 크고 늘씬한 야자수가 있는 곳이라고 했다. 그리고 또 밤 하늘은 어떻다고 했던가! 까만 벨벳 천 같은 하늘에 수백만 개의 별들이 총총히 빛나고 있다고 하지 않았던가! 이모는 마치 이탈리아에서 태어나고 자란 사람처럼 생생하게 설명해 주었다. 그러나 사실 이모는 그 곳에 가 본 적이 없다. 다만 그 곳이 어떤지 정확히 알고 있을 뿐이었다.

레나테가 잠이 들었는지 이제 울음소리는 들리지 않았다. 이불을 들썩이는 소리도 나지 않았다. 단지 숨소리와 엘리자벳이 나지막하게 코 고는 소리만 날 뿐이었다. 로제마리는 잠이 들었는지 안 들었는지 도대체 알 수가 없다. 그 애가 정말 잠이 들었는지 확신이 안 섰다. 내 맞은편 침대에 누워 있어서 보이지도 않는다. 숨소리를 죽이고 그 애의 숨소리에 귀를 기울여 보았다. 잠이 든 것 같았다. 아니면 그냥 잠이 든 척하고 있는 걸까? 나는 잠시 더 기다려 보기로 했다.

그러고는 숫자를 세기 시작했다. 아침에 잠에서 깨면 전날 밤에 어디까지 셌는지 기억이 날 때가 종종 있다. 하지만 대개는 곧 잊어버리게 된다.

4장.
궁전을 꿈꾸는 자는 오두막집마저 잃게 된다

숫자를 계속 셌지만 아무 소용이 없었다. 도무지 잠이 오지 않았다. 기숙사에서 맞이하는 저녁과 밤 시간은 끔찍하다. 잠을 쉽게 이루지 못하는 사람에게는 더욱 그렇다. 노력을 하면 할수록 정신은 더욱 말똥말똥해진다. 그래서 나는 잠시 내 비밀 장소를 찾아가기로 했다. 마음이 금방 편안해졌다. 하지만 안전을 위해 모두 다 잠들 때까지 조금 더 기다리기로 했다.

비밀 장소에는 머릿속에 떠오르는 생각들을 그때 그때 기록해 둔 비밀 일기가 숨겨져 있다. 다른 아이들이 볼 수도 있기 때문에 방 안에 놓아 둔다는 건 멍청한 짓이다. 특히 엘리자벳이 보면 무슨 일이 일어날지 불을 보듯 뻔하다. 그 애는 내가 써 놓은 글들을 큰 소리로 읽으며 비아냥거릴 것이다.

"얘들아, 이것 좀 들어 봐! '생쥐는 치즈 조각을 보기만 해도 이미 덫에 걸리게 되어 있다.' 하하하, 집시가 시인이 되었나 보지? 자기가 재능이 아주 많다고 생각하는 모양이야. 푸하하하!"

엘리자벳은 그 말의 의미를 아예 헤아리지도 못하리라. 그렇지 않다면 더 크게 웃을 테니까 오히려 다행이다. 그 글은 그 애가 일부러 자기 책상 서랍에 50페니히짜리 동전을 놓는 걸 보고 내가 적었던 문장이다. 아주 괘씸한 아이다.

우어반 사감이 그 돈을 내 가방 속에서 찾아냈다. 엘리자벳이 동전 모서리에 홈집을 냈고, 그 애가 그러는 걸 도로테아가 목격했기 때문에 길에서 주웠다는 내 변명은 아무 소용이 없었다. 나는 왜 그것을 눈치채지 못했을까? 언제나 세심하게 조심하는 편이니까 금방 알아차릴 수 있었을 텐데 말이다. 나는 그 벌로 이주일 동안 조리실 당번을 해야 했다. 그 때 엘리자벳은 큰 소리로 이렇게 말했다.

"집시들은 전부 도둑이라는 걸 모두들 보았겠지?"

그 일이 있고 난 이후부터 나는 전보다 훨씬 더 많이 조심한다. 그래서 내 비밀 일기도 늘 있던 자리에 그대로 두고 있다. 어떤 때에는 몇 자 적어 넣고 싶은 충동이 들 때도 있고, 그냥 뒤적거려 보고 싶은 마음에 곁에 두고 싶을 때도 있지만, 그냥 그렇게 둔다.

비밀 장소로 가는 길은 그 동안 수도 없이 많이 다녀 봐서 눈을 감고도 찾아갈 수 있다. 어떤 때에는 책을 갖고 가기도 하고, 로우 이모에게 편지를 쓰기 위해 종이와 연필을 갖고 가기도 한다. 저녁이면 종종 이모에게 편지를 쓰지만, 보내는 경우는 아주 드물다. 이모가 나 때문에 걱정하는 건 원치 않는다. 그리고 이모가 내게 해 줄 수 있는 게 아무것도 없다. 혹시 결혼이라도 하면 모르지만. 그러나 그건 이미 한 번 속아 봤기 때문에 다시 생각하고 싶지 않다.

지난 겨울에 로우 이모는 한 남자를 만났다. 엔지니어였는데 이모는 드디어 좋은 사람을 만난 것 같다고 했다. 그렇지만 같이 춤을 추러 간다고 세 번 나가더니 그것으로 끝났다. 이유는 모른다. 이모가 나한테 설명해 주지 않았고, 나도 굳이 물어보지 않았다.

이제 로제마리는 물론 모두가 잠들어 있을 것 같았다. 나는 소리나지 않게 조용히 침대에서 일어났다. 혹시 무슨 일이 있을지 몰라 연필과 수학 공책도 함께 챙겼다. 수학 공책은 얼마 전부터 쓰기 시작한 거라 공책 한가운데에서 종이를 한 장 쉽게 뜯어 낼 수 있어서 가지고 갔다. 혹시라도 생각이 바뀌어 이모에게 편지를 쓰고 싶으면 쓰려고 말이다.

나는 복도 벽으로 바짝 붙어서 걸었다. 마룻바닥 가운데로 가면 삐걱거리는 곳이 많기 때문이다. 밤에는 그런 소리가 더 크게 들린다. 벽시계는 열 시 조금 전을 가리키고 있었다. 복도와 유리문을 사이에 두고 나뉘어 있는 마루방에는 화장실에 갈 때 불을 켜지 않아도 되게끔 밤새 불을 켜 놓는 전등이 있다. 마루방을 지나 작업실로 이어지는 짧은 복도는 우어반 사감이 언제라도 숙소에서 불쑥 나올 수 있기 때문에 가장 위험한 구간이다.

우어반 사감의 숙소는 우리 기숙사 안에 붙어 있다. 사감에게는 가족이 없다. 다만 자주 찾아오는 친구만 한 명 있을 뿐이다. 그런데 그 친구라는 사람은 언제나 회색과 담자색 옷을 입고, 머리는 하나로 질끈 동여매고 다닌다. 기숙사에 사는 아이들은 그 여자를 언제나 '담자회색 세상에 맙소사'라고 부른다. 그 여자의 말투가 아주 특이하기 때문에 모두들 놀리는 것이다. 그 여자가 말을 하면 노래를 부르는 것 같기도 하고 시를 읊조리는 것 같기도 하다. 듀로는 식사 시간에 '담자회색 세상에 맙소사' 흉내를 곧잘 낸다. 특히 잉에가 담자색 스웨터를 입은 날이면 꼭 이렇게 말한다.

"세상에 맙소사! 잉에, 너 오늘 정말 예쁘구나!"

마루방을 지나 복도로 가서 작업실 문을 살짝 열었다. 드디어 성공이다. 작업실은 언제나 커튼이 드리워져 있지 않아 창문으로 운동장 뒤 가로등 불빛이 조금 들어온다. 그래서 혹시 의자나 테이블을 잘못 건드릴까 봐 불안해하지 않아도 된다. 이제는 더 문제될 것이 없다.

작업실을 가로질러 큰 가방들을 넣어 두는 창고 문 앞에 가서 섰다. 문은 언제나 그렇듯이 잠겨 있었다. 하지만 나는 열쇠가 어디 있는지 잘 안다. 선반 맨 꼭대기 층에 얹힌 바느질 상자 안에 있다. 의자를 밟고 올라서면 손이 쉽게 닿는다.

자물쇠와 경첩에서 날카로운 소리가 나서 몇 달 전에 기름칠을 해 두었다. 기름은 주둥이가 긴 작은 병에 들어 있었다. 어느 날 저녁에 브라이트코프 씨의 작업실에서 몰래 가져와 다음날 점심때 도로 갖다 놓았다. 아저씨는 아무 눈치도 못 챈 것 같았다. 어쨌든 그것 때문에 야단을 맞지는 않았다. 기름을 듬뿍 바른 뒤부터는 삐그덕거리는 소리도 나지 않고 문도 아주 쉽게 열린다.

나는 창고 안으로 들어가 곧장 열쇠로 문을 잠갔다. 들키고 싶지 않았으니까. 만약 그런 일이 생긴다면 내 비밀 장소도 끝장나고 말 것이다.

가방 창고는 천장은 높은데 조그마한 창문만 두 개 있어서 어둡다. 그 창문은 오로지 통풍 역할만 한다. 하지만 벽돌 틈으로 바람이 잘 통해서 사실 통풍만 원했다면 굳이 창을 뚫어 놓을 필요도 없었다. 어쨌든 그 곳은 햇빛이 비치는 낮에도 어두워서 우어반 사감은 우리에게 가방을 꺼내다 줄 때면 언제나 손전등을 이용해야만 한다.

나는 실내가 어두운 문제도 해결할 수 있는 방법을 알아냈다. 먼저 오른쪽 벽을 손으로 더듬거리며 따라가다가 기둥이 있는 곳까지 갔다. 기둥 뒤 묵은 신문들 밑에 내 보물들이 숨겨져 있다. 초도 아주 많은데, 정확히 세어 보면 크고 작고 두껍고 가는 초가 스물일곱 자루나 있다. 대개는 부러진 토막들이다. 성냥통도 두 개나 있다.

초는 지난 겨울 우어반 사감과 학교 선생님들이 교실 곳곳에 세워 둔 성탄 트리에 있던 것들을 빼 온 것이다. 그리고 성냥은 가스레인지에 불을 붙이기 위해 언제나 앞치마에 성냥을 넣고 다니는 브라이트코프 아주머니의 것을 가져왔다. 아주머니는 설거지가 끝나면 으레 앞치마를 벗어 의자 위에 걸쳐 놓고, 세면대 거울 앞에 서서 머리를 빗는다.

원하는 것이 무엇인지 정확히만 알면 그것을 손에 넣을 수 있는 방법도 찾을 수 있다. 더구나 나는 작은 손전등도 하나 갖고 있다. 학교 복도 창턱에 놓여 있던 것을 슬쩍했다. 벌써 오래 전에 약이 다 닳아 버렸지만, 새로 갈아 낄 돈이 없어서 지금은 사용하지 않는다.

굵은 초 한 자루를 꺼내 불을 켰다. 이제는 내가 내는 소리를 들을 사람이 아무도 없으니 조심하지 않아도 된다. 기껏해야 쥐들이 듣겠지만, 그래 봤자 쥐들이 내게 무슨 짓을 하지는 못할 테니까.

지붕이 비스듬히 꺾여 있는 제일 뒤쪽 후미진 구석이 내 자리다. 나는 가방들을 줄을 맞추지 않고 대충 쌓아 놓았다. 무언가를 숨기려고 일부러 가방 위치를 바꾸어 놓은 것처럼 보이지 않게 하기 위해서였다. 그렇게 가방을 쌓아 둔 곳 뒤에는 가장자리에 갈색 줄이 두 개 나 있는 낡은 회색 담요가 있다.

로우 이모에게도 그런 게 하나 있는데 불에 탄 자국은 없다. 이모는 그것을 '누더기 담요'라고 불렀다. 이모네 집에서 잘 때 내가 덮고 자는 담요이다. 여기에 있는 담요는 세탁실에서 발견했다. 낡은데다 불에 타 구멍이 몇 군데 뚫려 있어서 아무도 갖고 싶어하지 않은 모양이었다. 하지만 나는 상관하지 않았다. 더울 때는 그 위에 앉고, 추울 때는 몸을 감쌀 수 있다.

창고는 꽤 괜찮은 곳이다. 촛불을 켜 놓으면 더욱 그렇다. 마치 작은 굴 속에 앉아 있는 기분이다. 나무 기둥과 쌓아 올린 가방들만 보인다.

여긴 정말 훌륭한 장소다. 여기에 내 비밀 장소를 마련해야겠다고 생각한 뒤부터 기숙사에서 지내기가 훨씬 수월해졌다. 적어도 소등된 이후의 저녁 시간은 그렇다. 낮에 이 곳에 올 수 없다는 것이 안타깝긴 하지만, 그랬다면 벌써 누군가의 눈에 띄고 말았을 것이다. 그리고 어차피 낮에 보면 완전히 헛간 같을 것이다.

나는 담요 위에 초를 세워 놓고 벽돌 밑에 숨겨 둔 비밀 일기를 꺼냈다. 내 비밀 일기는 사실 습작 노트다. 로우 이모가 작년에 생일 선물로 주면서 이렇게 말했다.

"친구들에게 이 안에 무슨 말이든 적어 달라고 해, 할링카. 나중에 네가 어른이 되었을 때 이것을 펼쳐 보고 그 애들을 생각하면 무척 즐거울 거야."

이상하다. 이모는 어떻게 나에게 친구가 있을 거라는 생각을 했을까? 나는 여지껏 한 번도 친구를 사귀어 본 적이 없다. 원하지도 않았다. 흔히들 친구 사이라고 말하는 엘리자벳과 도로테아를 보면 친구를 사귀고 싶다는 생각이 싹 가신다. 엘리자벳은 언제나 도로테아에게 방 청소를 시키거나, 옷장 정리를 시키거나, 수위실 당번을 맡기는 등 자기가 할 일을 대신하게 한다. 단, 설거지는 시키지 않는다. 도로테아의 등이 굽었기 때문이다. 흔히 말하는 곱사등이다. 설거지를 하려면 오랫동안, 때로는 한 시간도 넘게 허리를 구부린 채 일을 해야 한다. 그래서 나도 설거지를 하고 나면 허리가 아프다.

 한번은 엘리자벳이 설거지 당번을 나한테까지 떠맡기려고 했다. 그 애는 대신 내게 이주일에 한 번씩 집에서 소포로 부쳐 오는 사탕을 준다고 했다. 그 날 이후 나는 도로테아가 엘리자벳을 위해 모든 일을 다 해 주는 까닭을 알게 되었다. 나는 그렇게는 하지 않는다. 나는 그 애의 발 앞에 침을 칵 뱉었다. 그렇게 하는 게 남을 경멸하는 뜻이라는 걸 어디에선가 읽은 적이 있다.

 정말로 나는 친구를 원하지 않는다. 그리고 나중에라도 이 아이들은 하나도 기억하고 싶지 않다. 전부 잊어버리고 싶다. 어차피 내가 좋아하는 사람도 별로 없다. 물론 나를 좋아하는 사람도 거의 없을 것이다.

 레나테하고는 "지금 몇 시야?"라고 묻든가, "오늘 점심에 뭐 나왔어?"라든가, "세탁실에 전구가 하나 나갔어." 같은 지극히 일상적인 말만 하지만, 그 애는 왠지 친밀감이 든다. 레나테가 이 곳에 들어온 이후부터 나는 오키드 생각을 더 자주 한다. 왜 그런지는 알 수 없지만 아마도 그 애의 모든 것이 갈색이고 연약해 보이기 때문일 것이다. 그 애는 머리카락이 연한 갈색이고, 눈도 피부도 연한 갈색이다. 오키드는 자주색, 보라색, 심홍색을 띠는데 왜 그런 생각이 자주 드는지 그 이유를 잘 모르겠다.

나는 몰래 감춰 두었던 향기 나는 펠리카놀(독일의 펠리카놀 회사에서 만든 접착제 : 옮긴이)을 꺼냈다. 냄새가 거의 나지 않던 옛날 것을 버리고 불과 이주일 전에 새로 산 거라서 새것이나 다름없다. 천천히 뚜껑을 돌려 열고, 통을 코에 바짝 들이댔다. 나는 거기서 나는 향기를 무척 좋아한다. 정말 황홀한 냄새다! 마치판(아몬드를 으깨 설탕에 버무린 과자 : 옮긴이) 냄새도 조금 나는 것 같고, 뭔가 낯설고 비밀스러운 냄새가 난다.

펠리카놀 냄새를 맡을 때면 기숙사와 그 밖의 모든 것들을 잊을 수 있다. 우어반 사감과 함께 성탄절 장식을 하기 전까지는 세상에 이렇게 향기로운 냄새가 있다는 사실을 전혀 알지 못했다. 나는 가끔 잠자리에 들기 전에 통 안에 들어 있는 작은 붓으로 펠리카놀을 찍어 손바닥에 바르곤 한다. 그러면 숫자를 세기 시작할 때 냄새를 맡을 수 있다.

아니, 나는 레나테가 내 친구가 되는 것을 원치 않는다. 무엇 때문에 인생을 쓸데없이 피곤하게 만든단 말인가? 힘도 세지 않은 친구가 무슨 소용이 있겠는가? 그런 사람은 단지 해만 될 것이 너무나 명백하다.

물론 레나테를 내 동생으로 삼을 수 있다면 그러고 싶다. 그렇게 된다면 그 애에게 울지 않는 방법을 가르쳐 줄 수도 있지 않을까? 생일이 반 년 빠른 내가 그 애보다는 더 많은 경험을 했으니까 말이다. 레나테는 우리 반 아이들 가운데에서 가장 어리다.

밤마다 침대에서 울다니! 도대체 누가 그 따위 짓을 한단 말인가? 물론 레나테는 모두가 잠들었을 거라는 생각이 들 때 울기 시작하는 것 같다. 내가 깨어 있다는 건 아무도 눈치채지 못하게 조심하니까 충분히 그럴 가능성이 있다. 나는 연습을 많이 해서 평온하게 누운 자세로 숨을 고르게 쉴 수 있는 방법을 터득했다. 로제마리도 나와 똑같이 그렇게 할 수 있다.

로제마리라면 내게 도움을 많이 줄 친구가 될 가능성이 있다. 키가 상당히 크고 힘도 엄청 세다. 그리고 호락호락 넘어갈 아이도 아니다. 엘리자벳조차 그 애 앞에서는 꼼짝 못 한다. 얼굴도 꽤 예쁜 편이다. 그러나 머리는 나쁜 것 같다. 학교 공부도 형편 없다. 그래도 그 애는 전혀 신경 쓰지 않는다. 어차피 나중에 카페를 상속받게 되니까 굳이 좋은 성적을 받을 필요가 없다는 것이다. 그 애는 엄마가 운영하는 카페가 밤새 영업을 하기 때문에 이 곳에 들어와 살고 있다.

로제마리는 카페라고 했지만 엘리자벳은 사창가라고 했다.

사창가는 남자들이 여자들과 사랑을 나누기 위해 찾아가는 곳이다. 엘리자벳은 그것을 오입질이라고 했다. 하지만 나는 그게 무슨 말인지 모른다. 대충 짐작은 하지만 정확히는 모른다. 로우 이모는 오입질이라는 말이 아주 나쁜 뜻이니 절대로 쓰지 말라고 했다. 그냥 남자와 여자가 사랑을 나눈다고 말해야 한다는 것이다. 이모는 가끔 어린아이 같아서 어떤 사실들을 전혀 이해하지 못할 때가 있다. 하지만 나는 남의 말에 쉽게 속아 넘어가지 않는다. 나중에 내가 어른이 되면 아무도 이모를 해치지 못하게 잘 보호해 주어야겠다.

로제마리는 불그스레한 곱슬머리에 피부도 아주 희다. 그 애는 여름철에도 살갗이 타지 않는다. 내가 보기엔 그 애가 우리 기숙사에서 가장 예쁘다. 그 애도 자기가 얼마나 예쁜지 잘 알고 있다. 엄마의 카페에 가면 남자들이 줄줄이 따라온다고 한다. 젖가슴도 좀 나와 있다. 나는 젖꼭지가 조금 통통해지기는 했지만, 아직 제대로 볼록하게 나오지는 않았다. 아직은 연분홍빛이고 새끼손톱보다 작다. 하지만 그 애의 젖꼭지는 크고 짙은 갈색이다.

로제마리는 내가 감당하기 어려운 아이다. 엘리자벳보다 훨씬 더 골칫거리다. 엘리자벳은 그냥 나쁜 애다. 어차피 성격이 나쁜 애니까 나쁜 짓을 해도 당연히 그렇겠거니 받아들일 수 있다. 그러나 로제마리를 나쁜 애라고, 정말 못됐다고 말할 수는 없다. 그 애는 단지 매사에 무관심할 뿐이다.

가끔 로제마리는 다른 아이들이 모두 잠들기를 기다렸다가 내 침대 옆에 불쑥 나타나 서 있곤 한다. 눈으로 보기 전에 느낌이 먼저 온다. 그 애는 아무 말 없이 내 침대에 와서 이불을 옆으로 밀치고 내 옆에 눕는다. 그 애가 내게 무엇을 원하는지 말했던 기억은 없지만, 나는 정확히 알고 있다. 언제부터 우리가 그런 짓을 했는지도 기억나지 않는다. 단지 그 애가 무엇을 원했는지는 또렷이 기억하고 있다.

로제마리가 배를 깔고 누운 다음 잠옷을 목까지 끌어올리면, 나는 그 애의 등을 쓰다듬어 준다. 손바닥으로 하지 않고 손가락 끝으로만 한다. 아주 부드럽고 약하게. 그렇게 해야 그 애가 좋아한다. 로제마리는 아무 말도 하지 않지만 내 손가락 밑에서 그 애가 움직이는 것을 보면 내가 잘하고 있다는 걸 느낄 수 있다. 그 애는 내가 그렇게 해 주는 걸 참 좋아한다. 그 애의 살결은 부드럽고 따스하고 감촉이 좋다. 마른 편이지만 뼈마디가 튀어나올 정도는 아니다. 무릎뼈조차 불룩하게 튀어나와 있지 않다. 어깻죽지도 아주 부드럽다. 내가 겨드랑이 밑으로 손가락 끝을 움직이면 그 애는 팔을 옆으로 벌린다. 늘 그런 식이다. 나는 손가락 끝을 꼬불꼬불한 털이 듬성듬성 나 있는 겨드랑이와 어깻죽지 사이까지 움직인다. 그런 다음 조금 더 아래쪽으로 내려간다. 봉긋하게 솟은 가슴 부근까지 가도 그 애는 아무 말도 하지 않는다. 죽은 듯 조용하다.

나는 그 애가 무슨 생각을 하고 있는지 전혀 알 수 없다. 어쩌면 아무 생각도 하지 않을 것이다. 아, 아둔한 로제마리! 어떤 때는 몹시도 화가 치밀어서 때려 주고 싶은 생각이 들 때도 있지만, 물론 난 그렇게 하지 않는다. 어쩌면 그 애는 내가 생각하는 것만큼 그렇게 아둔하지 않을 수도 있다. 그냥 다른 사람을 대할 때만 일부러 그러는지도 모른다.

 도대체 내게 원하는 것이 있을 때 로제마리는 왜 말로 표현하지 않을까? 그 애는 결코 한마디도 하지 않는다. 이따금 그 애가 나를 덥석 끌어안을 때도 있다. 그렇게 우리는 오랫동안 함께 누워 있곤 한다. 그러나 다음날 아침이면 그 애는 아무 일도 없었던 것처럼 행동한다. 마치 내 곁에 누운 적이 없었던 것처럼 말이다. 엘리자벳이 집시를 놀리는 농담을 할 때에도 그 애는 아이들과 함께 웃는다.

 예쁘기 때문에 가끔은 로제마리가 정말 좋을 때도 있다. 그럴 때는 그냥 쳐다보기만 해도 좋다. 만약 다음날 아침 깡그리 잊어버리지만 않는다면 친구로 삼아도 좋을 아이다.

 로제마리가 내 등을 쓸어 주는 일도 결코 없다. 나도 그것이 오히려 좋다. 몸에 있는 흉터에 대해 캐물을까 봐 두렵기 때문이다. 다행히 그 애는 그런 짓을 하지 않는다. 그 애는 다시 자기 침대로 돌아가고, 나는 다시 혼자 남는다. 그 애가 나를 찾아왔다가 돌아간 날 밤은 너무나 허전하다. 그럴 때면 나도 친구가 있었으면 좋겠다는 생각을 하곤 한다. 하지만 그리 오래 하지는 않는다. 그런 일이 있고 난 다음날 아침엔, 자리에서 일어나면서 로제마리의 침대 쪽을 보지는 않아도, 그 애의 목소리가 들리면 몸이 떨리기 시작한다. 그 떨림은 적어도 반나절이나 지속된다. 그 애는 단 한 번도 내게 특별한 말을 건네지 않았다. 평소에도 전혀 말이 없다. 그런데 내가 그런 짓을 해 줄 수 있는 사람이란 걸 어떻게 알았을까? "집시들은 모두 창녀야. 누구나 돈만 주면 살 수 있지." 하고 엘리자벳은 언젠가 말했다.

로제마리는 낮엔 나를 쳐다보지도 않는다. 낮에 나는 그 애에게 투명 인간 같다. 그 애가 일주일이고 이주일이고 찾아오지 않으면, 나는 가끔 로제마리가 나 말고 누구에게 갈까를 생각해 본다. 내가 가장 늦게 잠들면서도, 나는 잠들기 전 방 안에 있는 다른 아이들을 둘러보며 이런 생각을 한다. '저 애들한테는 안 갈 거야. 그건 분명해.' 그 애는 우리 방에 있는 다른 아이를 찾아가진 않는다. 그러나 나에게도 이미 오랫동안 찾아오지 않고 있다.

어제 로제마리가 듀로와 함께 있는 것을 보았다. 둘이서 운동장 가 풀밭에 앉아 열심히 얘기하고 있었다. 하필이면 듀로라니, 그 뚱뚱한 암소 같은 애를! 하지만 상관 없는 일이다.

나는 펠리카놀 통을 옆에 내려놓고 비밀 일기를 펼친 다음 중요한 말을 적어 두었다.

"실현 불가능한 것을 바라서는 안 된다. 궁전을 꿈꾸는 자는 오두막집마저 잃게 된다."

나는 다시 펠리카놀 통을 손에 들었다. 잠자리로 돌아가기 전에 조금 더 냄새를 맡기 위해서.

5장.
통통한 오리를 잡아먹고 싶으면 먼저 잘 먹여야 한다

다음날 아침엔 학교에서 도무지 집중이 되지 않았다. 줄곧 모금 생각만 했다. 기금을 모을 방법과 상품에 대해서. 어떻게든 더 많은 사람들이 다른 아이들의 모금함보다 내 모금함에 돈을 넣을 수 있게 만들어야 한다.

언젠가 이모는 말했다.

"통통한 오리를 잡아먹고 싶으면 먼저 잘 먹여야 한다."

나는 통통한 오리도 잡고 싶고 상도 타고 싶다! 반드시! 상품은 혹시 책이 아닐까? 혹은 로제마리도 갖고 있는 수채 물감이 아닐까? 스물네 가지 색이 들어 있는…….

그 때 기가 막힌 생각이 떠올랐다.

쉬는 시간에 미술실로 몰래 숨어 들어가 서랍 속에서 목탄

한 조각을 꺼내 왔다. 목탄으로 눈 밑을 검게 칠하면 좀더 측은해 보일 듯싶었다. 그렇게 되면 아이를 잘 차려입혀 데리고 가는 어머니들이 더 많은 돈을 내 통에 집어넣게 되리라. 하! 아무렴 그래야지. 이유는 나도 잘 모르겠지만, 왠지 그들이 그래야만 할 것 같았다. 잘 차려입은 아이들을 데리고 가는 어머니들을 보면 참을 수가 없다.

5교시에 지난 주에 치렀던 받아쓰기 시험지를 돌려받았다. '양'이었다. 예상했던 성적이었다. 나는 받아쓰기에 약하다. 폴란드에서 교육을 받기 시작했고 나중에야 독일어를 배웠기 때문인지도 모른다. 아니면 단순히 받아쓰기를 못해서 그런지도 모른다. 하지만 그것 말고는 학교 생활을 썩 잘하는 편이다. 특히 작문과 수학을 잘한다. 로우 이모가 바라기 때문에 나름대로 노력을 많이 한다.

우리는 보통 점심을 먹기 전에 우편물을 받는다. 우어반 사감이 책상 위에 우편물을 놓고 한 사람씩 호명했다. 내게도 편지 한 통이, 그토록 기다리던 편지 한 통이 왔다. 물론 로우 이모한테서 온 것이다. 이모 말고 달리 누가 있겠는가? 길쭉한 갈색 편지 봉투였다. 나는 아무렇지도 않은 듯한 표정을 지었지만, 봉투를 받아 쥘 때에는 손이 부르르 떨렸다.

다른 아이들은 받자마자 봉투를 뜯고, 걸어가면서 편지를 읽었다. 나는 절대 그렇게 하지 않는다. 편지는 나에게 온 것이고, 온전히 나 혼자만의 것이다. 기뻐하는 모습도 다른 사람들에게 보이고 싶지 않다. 나는 아주 잠깐 동안 겉봉을 창문에 비춰 보았다. 그러나 종이가 너무 두꺼워 그 안에 무엇이 적혀 있는지 보이지 않았다.

우어반 사감이 물었다.

"할링카, 넌 편지를 뜯어서 읽어 보고 싶지 않니?"

나는 대답하지 않았다. 그리고 부활절에 이모가 사 준 빨간 블라우스 속에 편지를 집어넣고 얼른 내 자리에 가서 앉았다. 겉으로는 별것 아닌 듯이 행동했지만 속으로는 쾌재를 불렀다. 로우 이모, 로우 이모, 로우 이모! 얼마나 오랫동안 기다렸던 편지인가!

잉에는 소포를 받았다. "엄마가 보낸 거야."라고 말하며 자기 접시 옆에 그것을 놓았다.

듀로는 왜 곧바로 풀어 보지 않느냐고 물었지만 잉에도 그렇게 멍청하지는 않다. 그렇게 했다가는 듀로에게 뭔가 빼앗길 것이 뻔하다. 잉에는 고개를 내젓기만 했다.

잉에의 소포 속에는 많은 것들이 들어 있을 것이다. 늘 사탕이 들어 있었으니까, 이번에도 물론 사탕이 들어 있겠지. 어떤 때는 초콜릿이 들어 있을 때도 있고, 책이나 옷이 들어 있을 때도 있다. 최근에 엘리자벳은 갈색 스웨터에 초록색 머플러까지 받았다.

로우 이모의 편지가 블라우스 속에서 바스락거렸지만, 나만 들을 수 있을 만큼 소리가 작았다. 로우 이모의 편지는 아름답다. 중요한 이야기나 무슨 재미있는 이야기가 적힌 긴 편지여서가 아니다. 이모는 독일어로 잘 쓰지 못하고, 나는 폴란드 말을 거의 잊어버렸기 때문에 편지는 길지 않다. 그러나 로우 이모는 내게 편지를 보내 주는 유일한 사람이다. 이모의 편지에는 늘 무엇인가가 들어 있다. 거의 언제나. 어떤 때는 5마르크나 10마르크가 들어 있을 때도 있다. 기차표를 살 돈이다. 이번에는 분명히 10마르크가 들어 있을 것이다. 그러면 이번 주말에 이모를 보러 갈 수 있다. 그 동안 기다릴 만큼 기다렸고, 이제는 더 참고 지내기가 어려울 정도이다.

기숙사에서는 4주마다 집에 다녀올 수 있다. 하지만 내가 이모네 집에 다녀온 지는 무척 오래됐다. 성령강림절에는 이모가 세들어 살고 있는 집주인네 아들과 며느리가 자식들과 함께 오기로 돼 있어서 갈 수 없었다. 집 안에 사람이 너무 많다고 이모가 오지 못하게 했기 때문이다.

대신 성령강림절에 이모가 나를 찾아왔고 우리는 오랫동안 산책을 했다. 숲 속을 가로질러 멋진 전경이 내려다보이는 식당까지 가서 레몬수를 마시고 돌아왔다. 저녁 무렵에 이모는 떠났고, 나는 다시 혼자 남게 되었다. 거의 9주일째 하루도 빠짐없이 기숙사에서만 지내고 있으니, 이번 주말은 기숙사에서만 내리 아홉 번째 맞는 주말이 되는 셈이다.

점심을 먹자마자 화장실로 가서 문을 걸어 잠그고 겉봉을 뜯었다. 10마르크는커녕 5마르크조차 보이지 않았다. 돈은 온

데간데없고 아주 짤막한 편지만 한 장 들어 있었다.

이모가 독감에 걸려서 이주일 동안 일을 나가지 못했기 때문에 돈을 보낼 수 없었다고 씌어 있었다. 지금은 다 나았으니까 조금만 더 참고 기다리라고 했다. 끝으로 이모는 날 아주 많이 사랑한다며 키스를 보냈고, 샘 실버 엉클의 안부 인사도 전했다.

짧지만 아름다운 편지였다. 눈물이 조금 나왔다. 기쁨의 눈물이었는지, 아니면 실망의 눈물이었는지는 모른다. 로우 이모에게 가고 싶은 마음이 굴뚝같았다.

밖에서 누군가 화장실 문을 두드렸다. 나는 서두르기 싫어서 아무 대꾸도 하지 않았다. 운 흔적을 누군가에게 들키기는 더욱 싫어서 천천히 편지지를 접어 봉투 안에 넣고 다시 속옷 속에 집어넣었다. 치마끈을 꼭 졸라매면 봉투가 빠지지 않으니 가장 안전한 곳이다. 차갑고 좀 까칠까칠한 느낌이 들었다.

다시 노크 소리가, 아니 정확히 말하자면 망치로 두드리는 소리가 났다. 밖에 아주 멍청한 아이가 서 있는 모양이다. 다른 쪽 복도 끝으로 가면 화장실이 두 개나 붙어 있는데 그리로 가면 될 일이지.

이모는 편지에 나를 아주 많이 사랑한다고 썼다. 내가 보육원에 처음으로 들어갔을 때, 이모는 사랑이라는 단어를 '사'가 아니라 '샤' 자를 써서 '샤랑'이라고 썼다. 그래서 내가 '사랑'은 '사' 자로 써야 된다고 답장을 적어 보내자, 이모는 '사랑'이라는 아주 중요한 단어를 잘못 쓰면 안 되니까 꼭 기억해 두겠다고 다시 답장을 보내 왔다.

다시 문 두드리는 소리가 났다. 이제는 아예 고함까지 지르고 있었다.

"어서 빨리 나와!"

물론 나는 목소리의 주인공을 금방 알아챌 수 있다. 엘프리데이다. 진작 알았더라면 좋았을걸!

엘프리데는 덩치도 크고 힘도 세고, 특히 때릴 때 손놀림이 빠르기 때문에 그 애와 맞붙을 생각은 추호도 없다. 왜 그 애는 처음부터 자기를 밝히지 않았을까? 나는 이 곳에 나보다 덩치가 크고 힘이 센 아이들이 많이 있다는 사실을 종종 잊어버린다. 힐데가르디스에서는 사정이 달랐다. 거기서는 나도 큰 아이들 축에 들었다.

나는 급히 서둘렀다. 문을 열 때 머리를 숙이며 손으로 얼굴을 가렸다. 덕분에 엘프리데가 휘두르는 손에 왼쪽 뺨만 한 대 맞았다. 하지만 정확한 펀치였다.

"다음에는 다른 사람이 기다릴 땐 빨랑 나와, 알았어?"

엘프리데는 재빨리 화장실로 들어가서는 얼마나 급했는지 문도 잠그지 않았다. 몹시 화가 나 있어서 날 제대로 보지 못했을 것이다. 그 애에게 울어서 빨개진 눈을 들키지 않아 다행이었다.

세면실로 가서 거울에 비친 내 모습을 들여다보았다. 눈이 빨갰지만, 뺨이 그보다 더 빨갛게 부풀어오른 덕분에 사람들 눈에 띌 정도는 아니었다. 어느새 손자국이 선명하게 드러났다. 길어 봤자 한 시간만 지나면 없어질 것이다. 내 몸은 상처가 나거나 멍이 들면 다른 아이들보다 두 배 더 확실하게 나타난다.

"알레르기 반응입니다. 피부가 자극에 대해 아주 민감하게 반응하는 거지요."

요양원 의사의 말에 옆에 있던 로우 이모가 내 손을 쓰다듬으며 말했다.

"이 아이의 영혼도 그래요."

의사는 이모가 무슨 못 할 말이라도 한 듯이 이모를 빤히 쳐다보았다. 나는 부끄러웠다. 로우 이모가 낯선 사람들 앞에서 그런 말을 할 때면 언제나 부끄럽다. 하지만 우리끼리 있을 때는 그런 말이 듣기 좋다. 이모는 아름다운 표현들을 정말 많이 알고 있다.

알레르기 반응이 가끔은 장점으로 작용할 때도 있다. 나에 대해 잘 모르는 임시 교사가 작년에 내 뺨을 때린 적이 있다. 왜 그랬는지는 벌써 잊어버렸다. 어쨌든 뺨이 많이 부풀어오르고 빨갛게 변했으며, 손가락 자국이 선명하게 드러났다. 그 교사는 기겁을 해서 날 바라보았다. 그러고는 기숙사 양호실로 데리고 가더니 쉬라고 했다. 덕분에 나는 하루 종일 그 곳에서 실컷 쉬었다. 그런 절호의 기회를 놓칠 수야 없지 않은가!

점심때 양호실 당번이 식사까지 갖다 주어서 저녁때까지 침대에 누워서 책을 읽었다. 그러다가 저녁 식사 시간 전에 우어반 사감이 찾아와 하는 수 없이 식당으로 내려갔다. 사감은 나의 알레르기 반응을 잘 알고 있기 때문에 별로 심각하게 생각하지 않았다. 충분히 이해할 수 있는 일이다.

나는 운 티가 거의 나지 않을 때까지 찬물로 눈을 씻었다. 그리고 나서 방으로 갔다. 엘리자벳과 주잔네와 레나테만 방 안에 있었다. 엘리자벳은 침대에 누워 인형 옷을 갈아입히고 있었고, 레나테는 놀란 얼굴로 나를 쳐다보았고, 주잔네는 누가 그랬느냐고 물었다. 나는 "엘프리데." 하고 대답하고 침대에 누웠다. 뺨이 화끈거리고 눈이 얼얼하고 배가 아팠다. 병이 날 것 같았다.

나는 자주 병이 난다. 기숙사 주치의 출레거 의사 선생님도 병명을 모른다. 일단 병이 나면 구토를 하고 복통과 두통에 시달리며 온몸이 아프다. 그리고 계속 잠을 자며 까라진다. 자다가 울다가 다시 잔다. 이삼 일 그렇게 푹 자고 실컷 울고 나면 다시 정상으로 돌아온다. 힐데가르디스에서는 여기에서보다 훨씬 더 심했다.

출레거 선생님이 말했다.
"크느라고 그런 거야. 그러다가 언젠가는 말끔해질 거다."
제발 의사 선생님 말이 맞았으면 좋겠다!
나는 담요에 얼굴을 푹 파묻었다. 다음에 이모에게 가면 이모가 쓰는 향수를 조금 달라고 해서 담요에 묻혀 놓고 이모 냄새를 맡아야겠다. "네 코는 여우 코 같고 눈은 독수리 눈 같아."라고 전에 이모가 내게 말했다. "넌 앞으로 잘될 거야."라고 이모가 말했을 때는 왠지 어깨가 으쓱해졌다.

내가 냄새를 잘 맡는다는 건 맞는 말이다. 그런데 보고 듣는 것은 쉽게 기억에 담아 둘 수 있지만, 냄새는 그렇지 않은 게 이상하다. 뭔가 특별한 냄새를 맡으면 그제야 전에 맡아 보았던 냄새를 기억해 내게 되는데, 그 동안은 어떻게 그 냄새를 잊고 있었는지 도무지 이해할 수가 없다.

엘리자벳이 모금함을 들고 문 쪽으로 가는 소리가 났을 때, 나는 지금이 두 시 반이 조금 안 됐다는 것을 알았다. 엘리자벳은 손목시계를 갖고 있다. 그 애가 나가고 문이 닫히기를 기다렸다가 자리에서 일어났다.

몰래 훔쳐 온 목탄을 들고 세면실로 가서 거울을 들여다보았다. 따귀 맞은 흔적은 이제 남아 있지 않았다. 나는 눈 밑에다 검은 목탄을 곱게 펴 발랐다. 그런데 색이 너무 짙은 것 같아 소매 끝으로 조금 지워 냈다. 오른쪽 뺨에도 목탄을 발랐다. 그럴듯해 보일 때까지 지웠다가 다시 그리고, 그렸다가 다시 지웠다. 얼굴을 거울 가까이로 들이대면 목탄으로 그렸다는 게 표시나지만, 두세 발 떨어져서 보면 진짜처럼 보였다. 눈 밑에 거무스름한 그늘이 드리워진 영락없이 불쌍한 소녀 얼굴이었다. 다만 사람들이 바로 앞에 서 있을 때는 고개를 숙이며 조심해야 하리라. 그렇지만 멀리서 보면 효과 만점이다.

  나는 모금함을 꺼내 들고 밖으로 뛰어나갔다. 면회실 문이 열려 있었다. 지나가면서 자우어 선생님이 기숙사 감독을 맡고 있는 것을 보았다. 자우어 선생님은 늘 "큰 말썽만 생기지 않는다면야 아무래도 상관 없어."라고 입버릇처럼 말한다. 행동도 그렇게 한다. 그래서 우리들은 외출할 순 없는데 몰래 빠져 나가야 한다거나 그 비슷한 일을 하고 싶을 때, 자우어 선생님이 근무할 때까지 기다린다.

  교사들은 오후 시간에 서로 돌아가면서 기숙사를 감독한다. 제일 고약한 사람은 크니저 선생님이다. 그 여선생님은 우리가 나쁜 말이라도 하면 득달같이 잡아 내려고 복도를 오락가락하며 귀를 쫑긋이 세우고 엿듣는다. 하지만 다행히 선생님은 아픈 어머니를 간호해야 하기 때문에 아주 가끔만 근무한다. 기숙사를 감독하는 게 싫어서 그냥 그렇게 둘러댔는지도 모른다. 그 선생님은 우리가 무슨 짓을 할지 도무지 감을 잡을 수 없다고 자주 말한다. 차라리 벼룩을 가득 잡아 넣은 자루를 지키는 편이 더 나을 거라고 말이다.

  나도 기숙사에서 근무해야 한다면 싫을 것 같다. 무슨 일을 해도 그보다는 나으리라고 생각한다. 스스로 원해서 기숙사에 들어와 일하는 짓은 결코 하지 않을 것이다.

6장.
행복이 찾아오면 의자를 내주세요

"늦었구나. 다른 아이들은 벌써 다 나갔는데."

브라이트코프 씨가 문을 열어 주며 말했다.

그래서 어떻다는 건가. 자기 할 일이나 할 것이지. 이 곳에서는 잔소리를 듣지 않고는 아무 일도 할 수 없다. 나는 신경질이 나서 한마디 해 주고 싶었다. 그런데 때마침 숯검정 생각이 나서 아무 말 없이 고개를 숙인 채 브라이트코프 씨 앞을 지나쳐 밖으로 나갔다. 정말 조심해야 한다. 다행히 하늘이 찌뿌드드했다. 햇빛이 쨍쨍했다면 내가 한 짓을 금방 들킬 뻔했다.

두어 집을 지나치다가 깜짝 놀라 울타리에 멈춰 섰다. 개가 처음으로 밖에 나와 있어서였다. 그런데 참 이상했다. 개가 크지도 않고 검지도 않고 무시무시하게 생기지도 않았다. 오히려 정반대였다. 기껏해야 내 무릎에 닿을 만한 덩치였고 털도 밝은 갈색이었다. 그렇게 착각할 수 있다는 게 신기했다. "물어!" 하고 명령해도 녀석은 아무거나 덥석 물어 올 것 같지 않았다. 그런 녀석을 보고 두려워할 사람은 아무도 없을 것이다. 혹시 그 집에 개가 두 마리 있는 걸까? 저 조그만 강아지 말고 정말로 큰 개가 따로 있는 걸까? 그 녀석은 내가 서 있는 울타리까지 다가와 꼬리를 살랑살랑 흔들어 댔다. 손을 내밀자 녀석이 길고 촉촉한 혓바닥으로 내 손을 핥았다. 더없이 귀여운 애완견이라서 탓할 게 아무것도 없었다. 그럼에도 나는 실망스런 마음으로 계속 걸었다.

정육점 앞 내 자리는 비어 있었다. 가게에서 날카로운 목소리가 들려왔다.

"무엇을 드릴까요?"

나는 출입문 옆 벽에 기댔다.

측은해 보이려고 했던 내 수작이 효과를 발휘하기 시작했다. 기대 이상이었다. 내 앞을 지나치던 두 번째 아주머니가 "잠깐만!" 하더니 시장바구니를 뒤적거렸다. 나는 숯검정을 들킬까 봐 고개를 푹 숙였다. 아주머니가 모금함을 든 내 손가락 사이로 뭔가를 꽂아 주었다. 이제는 통이 웬만큼 무거워져서 달랑 손잡이만 잡고 있을 수 없어 두 손으로 받쳐 든 상태였다. 손에 초콜릿이 통째로 들려 있었다. 우유로 만든 맛좋은 초콜릿! 나는 억지로 아무렇지도 않은 표정을 짓기 위해 짐짓 노력해야만 했다. 마음 같아서는 기쁨에 겨워 깡충깡충 뛰고 싶었다. 정말 그 아주머니를 얼싸안고 싶었다. 초콜릿이 통째로 모두 내 거라니! 이미 상품을 받은 것이나 다름없지 않은가! 아주머니는 모금함 속에 돈까지 넣어 주었다.

나는 그 아주머니의 뒷모습을 가만히 바라보았다. 아주머니는 뚱뚱했고, 갈색 치마에 흰 블라우스를 입고 있었다. 블라우스가 몸에 꼭 끼어서 브래지어 자국이 선명하게 드러났다. 비곗살이 많아서 등이 울룩불룩했다.

아주머니는 다시 한 번 내 쪽으로 몸을 돌려 나를 바라보았다. 하지만 내 눈 밑의 숯검정을 알아보기엔 조금 먼 거리였다. 나는 왼손으로 모금함을 옆구리에 꼭 끌어 붙이고 초콜릿을 들고 있는 오른손을 흔들며, 어른들이 흔히 하듯이 "복 많이 받으세요!" 하고 소리쳤다. 아주머니는 웃으며 손을 흔들었다.

초콜릿을 얼른 초록색 점퍼 속에 집어넣고 눈으로 다음 사람을 찾았다.

사람들이 어리석은 것도 따지고 보면 다 제 탓이다. 허클베리 핀도 내가 목탄을 이용한 것을 잘했다고는 하겠지만, 자기 스스로 그런 생각은 미처 떠올리지 못했을 거다. 하긴 이미 보물을 찾았으니 모금 같은 건 할 필요도 없었겠지. 그래도 허클베리 핀이 자기 아버지 몰래 돈을 감춘 건 얼마나 영리한 행동이었던가! 안 그랬다면 그 아버지가 곧장 그 돈을 술로 다 탕진해 버렸을 것이다.

한 할머니가 빵가게에서 나왔다. 이제 빵가게에는 손님이 아무도 없었다. 빵을 얻기에 아주 좋은 기회였다.

얼른 문을 열고 안으로 들어갔다. 살찐 젊은 여자가 판매대 뒤 의자에 앉아 있었다. 아주 편안해 보였다. 팔꿈치를 괴고 있는 그 여자 앞에 금고가 있고, 그 옆 커다란 유리통 안에는 와플이 들어 있었다. 엄마가 사는 집 옆 빵집처럼 분홍색, 노란색, 연두색 크림도 있었다. 아니, 살았던 집이라고 해야 맞을지도 모른다. 혹시 그 사이에 이사를 갔을지도 모르니까.

판매대 다른 쪽 끝에 있는 커다란 그릇에는 커피와 함께 먹는 과자와 달팽이 모양, 뿔 모양의 빵들이 수북이 담겨 있었다. 모두 설탕 시럽이 발려 있는데 시럽이 옅은 곳에는 검은 게 톡 튀어나와 있었다. 건포도였다.

가게 안에 빵과 케이크의 향긋한 냄새가 물씬 풍겼다. 밖에서는 전혀 맡을 수 없는 냄새였다. 정육점하고는 다르게 늘 문을 꼭 닫고 있는데다 강한 소시지 냄새가 그보다 훨씬 약한 빵 냄새를 덮어 버렸기 때문이다. 적어도 내 코에는 그랬다. 내게 소시지 냄새보다 더 강력한 냄새는 있을 수 없다.

"뭐 줄까?"

판매대 뒤에 앉아 있던 빵집 여자가 자리에서 일어서며 물었다.

나는 모금함을 들어올려 그 여자에게 내밀었다.

빵집 여자가 손을 내저었다.

"어제 벌써 어떤 아이가 우리 가게 앞에서 모아 갔어. 그런 걸 두 번이나 하고 싶지는 않아."

그 여자의 목소리에서 내가 뭔가 단단히 착각했다는 것을 느낄 수 있었다. 편안한 여자가 아니었다. 그러나 나도 그렇게 순순히 포기할 생각은 없었다. 그대로 서서 빵집 여자 뒤에 있는 선반들을 물끄러미 바라보았다. 큼지막한 빵들과 작은 빵을 담아 놓은 통이 있었다. 꿀빵과 가운데에 잼이 들어 있는 우유빵도 보였다.

빵집 여자가 내 눈길을 쫓더니 얼굴을 찡그렸다.

"뭐지? 어서 가라. 난 네가 돈을 걷겠다고 우리 손님들을 귀찮게 하는 건 싫어."

속으로는 욕이 나왔지만 겉으로는 아무 말도 하지 않았다. 결국 밖으로 다시 나왔다. 빵은커녕 와플 한 조각도 받지 못한 채.

내가 가장 먹고 싶은 건 건포도가 들어 있고 흰 설탕 시럽이 덮여 있는 빵이었다. 하지만 어쩔 수 없었다. 냉정한 사람은 손으로 뭔가를 건네주기보다는 호주머니 속에 찔러 넣고 주먹 쥐는 걸 더 좋아하는 법이니까. 그런 인색함에 스스로 짓눌려 버릴 날이 오기를 바랄 수밖에!

나는 오랫동안 실망만 하고 있지는 않았다. 어떻게 그럴 수 있겠는가! 주머니에 초콜릿 하나가 통째로 들어 있는데다가 부드러운 목소리로 말하던 주인 여자의 정육점 앞에 서 있는데. 내일 다시 들르라고 했던 주인 여자의 말은 진심에서 우러나온 말 같았다.

호주머니에 초콜릿이 있어서 소시지 냄새가 그럭저럭 참을 만했다. 하지만 어제처럼 그렇게 오랫동안 기다리고 있을 수는 없었다.

"행복이 찾아오면 의자를 내주렴."

로우 이모는 내게 늘 말했다. 그 말을 생각하면 어제처럼 하는 게 어차피 현명한 짓도 아닐 것 같았다. 건너편 집 그늘이 가까스로 도로의 절반까지 다다랐을 때, 나는 가게 안에 손님이 없기를 기다렸다가 안으로 들어갔다.

그리고 어제처럼 모금함을 치켜올렸고, 조심하는 마음에서 고개를 푹 숙였다. 판매대가 그리 넓지는 않았기 때문에 눈 밑의 숯검정이 눈에 잘 띄는지 안 띄는지 감을 잡기 어려웠다. 어쨌든 고개를 숙이는 것이 얌전해 보이고, 사람들이 건방진 아이보다는 얌전한 아이들을 좋아한다는 것쯤은 나는 잘 알고 있었다.

"너 다시 왔구나."

주인 여자가 나를 보자 금방 부드러운 목소리로 말하며 뭔가를 건네주었다. 비엔나 소시지라는 것을 곁눈으로 확인할 수 있었다. 고개를 숙인 채 얼른 받아 쥐었다. 오늘만큼은 "감사합니다."라는 말이 금방 튀어나왔다. 인간은 모든 것에 익숙해지게 마련이니까. 좋은 것에도 마찬가지였다. 다시 주인 여자가 손을 뻗더니 이번에는 동전을, 그것도 1마르크짜리 동전을 통 안에 집어넣었다. 1마르크짜리를 넣어 주다니! 난 그 주인 여자가 오래오래 잘 살기를 마음속 깊이 빌었다. 정말 착한 사람이었다.

다시 가게 앞으로 나왔다. 착한 사람들이 기부를 하는 동안 틈틈이 소시지를 조금씩 물어뜯었고, 너무 빨리 없어지는 것이 안타까워서 규칙을 정해 아껴 먹었다. 동전을 두 개 받을 때마다 조금씩 먹기로. 그렇게 하자 마치 게임을 하고 있는 것처럼 즐거웠다. 정말 좋은 하루였다.

건너편 옷가게 위층 창가에 한 할머니가 앉아 있었다. 그 할머니는 팔을 괸 채 나를 내려다보았다. 뺨이 축 늘어져 있는 것을 보니 치아가 없는 게 분명했다. 그제야 나는 다시 내 뺨을 홀쭉하게 하고 있어야 한다는 것을 기억했다. 덕분에 소시지를 빨리 먹어치우지 않을 수 있게 되었다. 나는 네 사람이 기부할 때까지 기다렸다가 먹기로 했다.

첫 번째로 기부한 사람은 빛나는 청록색 깃털이 꽂혀 있는 작고 흰 모자를 쓴 아주머니였다. 귀티가 나는 부인이었다. 손톱엔 새빨간 매니큐어를 칠했다. 그 여자가 동전 세 개를 넣어 주었다. 돈을 보지는 못했지만, 별로 큰 소리가 나지 않는 걸 보니 페니히뿐인 것 같았다.

그 다음 사람은 배가 불룩하게 튀어나오고 턱이 이중으로 겹쳐진 남자였다. 나는 그 사람에게 어머니 쉼터의 설립과 성

품이 인자하고 너그러운 호이스-크납 영부인에 대해 한참 동안 설명해 주어야 했다. 남자는 열심히 귀담아듣더니 물었다.

"미국도 같이 하냐?"

미국인들도 참여하는지는 알 수 없지만, 나는 그 남자가 '미국'이라는 단어를 발음할 때의 표정을 보고 얼른 아니라고 대답했다.

"공산당은? 공산당하고 무슨 관계가 있는 거냐?"

턱이 이중으로 겹쳐진 남자가 우물거리며 다시 물었다.

"아니요."

나는 호이스-크납 여사 이외에 누가 동참하는지는 몰랐지만 그렇게 대답했다.

"순전히 우리 독일 사람들만 참여하는 일이에요."

그 때 나는 내 머리가 검고 짧은 머리가 아니라 금발이고 쪽을 질 수 있는 긴 머리라면 훨씬 더 좋았을 거라는 생각이 들었다. 그러나 그 남자는 그런 것에 별로 신경 쓰지 않는 것 같았다. 그 남자가 동전 두 개를 모금함 속에 넣어 주었는데, 왠지 은화 같았다. 사람들은 내가 볼 수 없게 돈을 통 속에 집어넣지만 큰 돈들은 그 소리부터가 시시한 페니히와 다르다는 걸 차츰 알게 되었다. 모금함이 유리로 만들어져 있지 않아 아쉬웠다. 그랬다면 훨씬 더 재미있었을 것이다. 실수로 모금함을 떨어뜨리는 것도 상상해 보았다. 물론 누구나 돈을 허겁지겁 주울 수 있는 이런 거리에서는 안 되겠지만 말이다.

세 번째 기부자는 옷을 말끔하게 차려입은 한 사내아이를 데리고 가던 아주머니였다. 나보다 별로 작지 않은 아이인데도 그 아주머니는 사내아이의 손을 꼭 잡고 갔다. 그 모습을 보자 괜히 속이 뒤틀렸다. 물론 나는 사람들이 많이 지나다니는 거리에서 누군가 내 손을 잡고 걷는 것을 좋아하지 않는다. 그래도 그런 모습을 볼 때면 화가 나서 눈물이 나올 것만 같다. 그보다 더 화가 나는 건 엄마 아빠의 손을 한 쪽씩 잡고 걸어가는 아이의 모습을 보는 거다. 그럴 때면 그 아이를 죽여 버리고 싶은 생각이 들 정도이다. 아니면 그렇게 하고 가는 어머니나 아버지를 죽이고 싶기도 하다. 하지만 정확히 누구를 그렇게 하고 싶은지는 모르겠다. 어쨌든 그런 모습만 보면 난 무서운 괴물이 되어 버리는 것 같다.

남몰래 블라우스를 쓰다듬었다. 편지가 바스락거렸다. 몸을 움직이면 촉감으로도 느껴졌다. 잠시 눈을 감고 마음속으로 로우 이모의 얼굴을 그려 보았다. 그제야 마음이 가라앉았다. 로우 이모만 생각하면 도저히 화를 낼 수가 없다. 그러나 이모 생각을 너무 많이 해서도 안 된다. 안 그러면…….

다시 눈을 떴다. 아직도 눈이 조금 따끔거렸다. 구름 사이로 갑자기 모습을 드러내며 내 쪽으로 비친 햇살 때문에 그럴지도 모른다.

다음 번 기부자는 다행히도 아이를 데리고 가는 사람이 아니라 꽉 찬 시장바구니 두 개를 조심스럽게 옆에 내려놓는 아주머니였다. 물론 그 아주머니도 몇 푼인가 주고 갔다. 몹시도 측은해 보이는 내 모습 때문에 아무도 그냥 지나치지 못하는 듯싶었다. 나는 오늘 실패하지 않고 원하는 걸 다 얻었다. 다만 로우 이모에게 가는 데 필요한 10마르크만은 받지 못했을 뿐.

갑자기 초콜릿 따위는 더 이상 중요하지 않은 것처럼 여겨졌다.

"가슴속이 쓰면 입에 설탕을 넣어도 아무 소용이 없다."

이것도 역시 로우 이모의 말이다.

나는 억지로 이모 생각을 떨쳐 버리고 기금 모으는 데만 집중하려고 애썼다. 그렇다고 어머니 쉼터를 위해 그런 건 아니었다. 내가 왜 얼굴도 모르는 어머니들을 위해 기금을 모아야 하는가? 나는 다만 상품을 받고 싶을 뿐이다. 소시지를 한 입 크게 베어 먹었지만 좀 전만큼 그렇게 맛있지는 않았다. 해도 다시 구름 뒤로 숨어 버렸다.

다섯 시쯤 되자 모금함은 무척 무거워졌다. 거의 꽉 찬 듯했다. 흔들어도 둔탁한 소리만 났고, 누군가 동전을 넣으면 금방 쇳소리가 들렸다. 덜거덕거리는 소리가 나지 않은 지 꽤 오래되었다. 아주 많은 돈이 들어 있는 게 확실했다. 그 돈으로 살 수 있는 물건들이 얼마나 많을지에 대해서는 아예 생각조차 하지 않는 게 좋으리라. 오로지 상만 생각하고 싶었다. 상은 내가 받게 되리라는 확신이 들었다.

하지만 만일 상품이 책이라면, 그래도 정말 그 상을 받고 싶을까? 분명히 책일 것이다. 그것 말고 달리 무엇을 주겠는가? 학교에서는 학년 말에 성적이 가장 좋은 학생에게 언제나 책을 준다고 듀로가 말했다. 대개 『백과사전』이나 『그리스 로마 신화』 같은 책이라고 했다. 책도 별로 나쁜 상은 아니다.

하지만 통통한 오리에 대해 이야기했던 이모의 말이 머리에서 좀처럼 지워지지 않았다. 생각을 하지 않으려고 해도 자꾸 그 쪽으로 생각이 쏠렸다. 나는 집으로 돌아오는 길에 아무것도 생각하지 못할 정도로 그 생각에 푹 빠졌다. 기숙사 대문이 불쑥 눈 앞에 나타났다.

먼저 세면실로 올라가서 숯검정부터 씻었다. 내가 생각해 낸 방법을 다른 사람이 알게 되는 게 싫었다. 모금은 이미 끝났지만 언젠가 또다시 그 방법을 써야 될지 누가 알겠는가.

7장.
머릿속이 어두우면 마음도 밝아질 수 없다

침대에서 담요를 걷어 냈다. 담요를 가지런히 개면서 모금함이 있는 침대 테이블 쪽으로 눈길을 돌리지 않으려고 노력했다. 그런데 도저히 되지 않았다. 자꾸만 시선이 다시 모금함 쪽으로 쏠렸다. 『허클베리 핀의 모험』 옆에 놓아 둔 새빨간 모금함이 나를 비웃고 있었다.

허클베리 핀은 나처럼 생각이 많지 않았을 것이다. 하지만 어차피 그는 책 속의 주인공일 뿐이다. 실제 생활에서는 모든 것이 조금씩 다르다. 예를 들어 허클베리 핀의 아버지는 술에 취해 있지 않을 때 아들에게 매질을 한 것으로 나온다. 하지만 그건 말이 안 된다. 작가가 뭘 잘 모르고 쓴 것 같다. 실제 삶에서는 부모들이 술에 취했을 때 자식을 때리고, 술에서 깨어나면 자식을 거들떠보지도 않는다.

　술에 취해 정신없이 칼을 휘두르며 달려드는 아버지를 보고 허클베리 핀이 며칠 후 아버지에게서 탈출하는 대목에서도 그렇다. 내가 실제 세상을 잘 몰랐더라면 그냥 웃어 넘길 수 있을 만큼 흥미롭게 묘사되어 있기는 하다. 하지만 나는 그 대목을 읽을 때마다 통통한 멧돼지가 아까워서 가슴이 아프다. 허클베리 핀은 단지 사람들로 하여금 자기가 강도에게 피살당한 것으로 믿게 하려고 강까지 핏자국을 남기기 위해 돼지를 죽였다. 고작 핏자국을 남기려고 돼지를 아예 통째로 죽여 버리다니, 정말 말도 안 되는 일이다. 그렇게 많은 고기라면 우리들이 한 달 내내 배부르게 먹을 수 있을 텐데……. 차라리 뭔가 다른 것을 죽이는 편이 나았을 것이다. 예를 들어 쥐를 한 마리 잡든가 그것만으로는 피가 부족하다면 두 마리쯤 잡아도 괜찮았을 것이다.

　하긴 허클베리 핀은 이런 기숙사에서 살지 않았기 때문에 그런 짓을 할 수 있었을 거다. 원하기만 하면 언제든지 숲으로 갈 수 있었으니 말이다. 허클베리 핀은 곰곰이 생각할 게 있거나 어떤 모험을 하고 싶을 때면 늘 그랬다. 나도 종종 그런 꿈을 꾼다. 꿈 속에서 나는 숲으로 동굴로 강으로 쏘다니고, 숨겨진 보물을 찾아 나서기도 한다. 그리고 허클베리 핀과 함께 물고기를 낚거나, 잡은 물고기를 구워 먹으려고 불을 지피기도 한다. 강 위로는 달이 떠 있고, 수천 개의 별들이 검은 벨벳 천

같은 하늘에 수놓여 있는 풍경도 볼 수 있다. 허클베리 핀은 마귀에 대해 이야기하고 그런 것들을 어떻게 물리칠 수 있는지 설명해 주지만, 나는 그 애를 겁쟁이라고 놀려 댄다.

우리도 가끔 일요일에 숲 속으로 산책을 나갈 때가 있지만 늘 많은 사람과 함께 간다. 우리는 무엇을 하든 언제나 단체다. 그리고 우리 숲은 『허클베리 핀의 모험』에 나오는 숲처럼 그렇게 크거나 울창하지도 않다. 그러나 허클베리 핀이 살았던 곳은 이 곳이 아니라 미국이었고, 미시시피라고 부르는 큰 강 언저리였다.

엄마와 로우 이모 그리고 내가 폴란드에서 돌아올 때에도 큰 배를 타고 강을 건너왔다. 기억도 자세하게 나지 않고 더구나 한밤중이었지만, 그 강이 미시시피처럼 아름다운 강이 아니었다는 사실만큼은 확실히 기억한다. 어쩌면 미국에서는 모든 것이 이 곳과 조금씩 다를지도 모른다. 나중에 샘 실버 엉클한테 자세히 물어 봐야겠다.

도로테아가 자기 비밀 상자를 옆으로 밀쳐 놓고는 내 모금함을 손바닥에 올려놓고 무게를 가늠했다.

"무겁다! 굉장히 무거워. 너 많이 모았구나."

나는 고개를 끄덕이고, 가지런히 접은 담요를 의자 등받이에 걸쳐 놓았다.

도로테아가 말했다.

"내 생각엔 네가 상을 탈 것 같다. 엘리자벳의 통이 이만큼 무거우려면 아직 멀었어."

"통이 얼마나 무거운지 따위가 중요한 건 아니야. 어떤 돈이 들어 있느냐가 더 중요하지."

엘리자벳이 거만하게 말했다.

한쪽에서 주잔네가 로제마리에게 무슨 말인가 하자 로제마리가 까르르 웃었다. 나에 대해 무슨 말을 한 걸까? 오늘 나는 로제마리가 또 듀로와 함께 있는 것을 보았다.

도로테아는 가장자리에 하늘색 테두리가 쳐진 얇고 흰 잠옷을 입고 침대에 앉아 있었다. 그 애의 앞가슴에서 노끈에 매달린 비밀 상자 열쇠가 흔들거렸다. 긴 머리도 벌써 곱게 땋아 놓았다. 그 애는 곱사등을 감추려는지 낮에는 긴 머리를 늘어뜨린 채 지낸다. 하지만 지금은 곱사등이 선명하게 보인다.

많은 사람들이 그 애한테 동정심을 느꼈을 테니, 그 애는 분명히 나보다 더 많이 기금을 모을 수 있었을 것이다. 하지만 그 애는 기금을 모으러 나가지 않았다. 그 짓을 하려면 거리로 나가야 되기 때문이다. 그 애는 꼭 필요한 때가 아니면 외출을 하지 않는다.

"사람들이 쳐다보는 게 정말 싫어."

그 애는 곧잘 이렇게 말한다. 하지만 눈동자가 옅은 회색인 그 애의 얼굴은 무척 예쁘다. 흰 옷을 입은 모습이 마치 천사처럼 보였다. 날개가 찢겨 조금 상처를 입은 듯한 천사 말이다. 단지 날개가 잘려 나간 부분만 뭉툭하게 남아 있는 것 같았다.

나는 어깨를 한 번 들썩하며 모금함 쪽을 보지 않으려고 애써 눈길을 돌렸다. 이젠 그것에 대해 아무 생각도 하기 싫었다. 둔탁하기는 하지만 동전에서 나는 소리가 귓전을 맴돌았다. 오리에게 먹이를 잘 준 것 같았다.

엘리자벳이 창가에서 이쪽을 바라보며 말했다.

"많이 모은 게 당연하지. 집시들은 선천적으로 구걸을 잘하니까."

잠시 눈앞이 아찔했지만 나는 아무 말도 하지 않았다. 예전에는 한번 울음이 터지면 물건을 집어던지고 난리를 쳤지만, 그 짓은 벌써 오래 전에 그만두었다. 좋은 방법을 찾아냈기 때문이다. 이제는 그 대신 지금 입고 있는 빨간 블라우스 같은 걸 생각한다. 로우 이모가 부활절에 사 준 옷이다. 옷을 받았을 때 얼마나 기뻤던가를 다시 떠올리며 이런 생각을 한다.

'로우 이모가 빨간 블라우스를 사 주었으니까, 엘리자벳이 지껄이는 저런 멍청한 말 따위는 못 들은 척해야지.'

이 블라우스 말고 전에 있던 곳에서 가져온 낡은 파란색 옷이 하나 더 있다. 빨간 블라우스는 빨아야 할 때가 벌써 지났다. 어제 로우 이모의 편지를 받기 전까지만 해도 주말에 이모한테 꼭 갈 수 있을 거라고 생각했고, 그렇게 됐다면 이모가 내 옷을 빨아 주었을 것이다. 이모는 언제나 그랬다. 이모는 내게 자신이 입던 낡은 옷을 꺼내 주고 내 옷을 모두 빨았다. 기숙사에도 세탁실은 있지만, 빨래가 없어지는 일이 많기 때문에 아무도 세탁물을 내놓지 않는다. 그냥 속옷이나 잠옷 따위만 세탁한다. 나는 절대로 빨간색 블라우스를 세탁실에 맡기지 않는다. 브라이트코프 아주머니한테 세탁비누를 받아 와 직접 빨래를 해도 되지만, 그럴 엄두가 나지 않는다. 지난 겨울에 로우 이모가 떠 준 스웨터를 그렇게 빨았다가 못 쓰게 만들었기 때문이다. 분홍색 가장자리에 회색 고양이 무늬가 수놓여 있는 예쁜 옷이었는데, 물에 빨았더니 딱딱해지고 확 줄어 버렸다. 나는 일주일 내내 울었다. 나중에 로우 이모한테서 다른 옷을 받았지만 별로 예쁘지 않았다. 그냥 자투리 털실로 짠 줄무늬 옷이었다.

내 속옷은 사흘 전에 돌려받았다. 방금 초콜릿을 그 속옷들 밑에 집어넣었다. 안전한 곳이다. 레나테와 같이 옷장을 나눠 쓰고 있긴 하지만, 그 애가 그것에 손댈 리는 절대로 없다. 레나테는 남몰래 다른 사람 물건을 들춰 보지 않는다. 초콜릿을 책상 위에 올려놓고 방을 나갔다가 돌아와도 그냥 제자리에 있을 것이다.

나는 이모의 편지를 속옷 속에서 몰래 빼내 베개 밑에 넣었다. 내일 아침엔 다시 속옷 속에 집어넣을 것이다. 첫째는 다른 사람이 그것을 보는 것——예를 들어 엘리자벳 같은 아이의 손아귀에 편지가 들어가는 것——이 싫고, 둘째는 돌아다닐 때 편지의 감촉을 느끼면 기분이 아주 좋기 때문이다. 정말 너무나 좋다. 마치 로우 이모가 나를 쓰다듬어 주는 것 같다.

도로테아가 다시 내 침대 테이블에 모금함을 내려놓았다. 양철이 나무에 닿으면서 덜컥 하는 소리가 났다. 나는 빨 때가 한참 지난 잠옷으로 갈아입고 이불 속으로 들어가 누웠다. 얼마 지나지 않아 우어반 사감이 와서 불을 껐다.

도로테아는 오늘도 비밀 상자를 옷장 속에 넣지 않았다. 침대 곁에 두고 자려는 거다. 그 애는 기분이 울적할 때마다 그렇게 한다. 자기도 상을 받고 싶은데 그럴 수 없어서인지도 모른다. 좀 묘한 구석이 있는 아이다. 그런 느낌이 단순히 그 애의 곱사등 때문인지 아닌지는 나도 잘 모르겠다. 도로테아는 아직 자기 집이나 자신의 과거에 대해 단 한마디도 하지 않았다. 그 애에 대해 알고 있는 사람은 아무도 없다. 그 애가 집에서 직접 여기로 온 건지, 아니면 다른 보육원에서 왔는지조차 모른다.

밖에서 다시 개 짖는 소리가 났다. 아주 낮게, 아주 멀리 울려 퍼졌다. 내가 본 그 개 말고 다른 개가 있는 게 분명하다. 그 개라면 여기까지 이토록 잘 들릴 만큼 큰 소리로 짖어 댈 수는 없다. 내가 좋아하는 개는 덩치가 크고 털이 검은색이며, 외로운 늑대처럼 눈 덮인 숲을 쓸쓸히 걸어다니는 개다. 폴란드에는 늑대가 있다고 로우 이모가 말했다. 러시아에서 건너온다고 했다. 늑대는 무섭지만 큰 개라면 마음에 들 것 같다. 게다가 내가 "물어!" 하고 명령만 내리면 되는 그런 개라면 더욱 좋겠다. 그런 개가 도깨비방망이보다 훨씬 나을 것 같다. 이제

개 짖는 소리는 더 들리지 않았다.

　갑자기 기분이 묘해졌다. 한편으로는 몸이 훨훨 날아다닐 수 있을 것 같기도 했고, 다른 한편으로는 팔다리가 뻣뻣해지면서 부들부들 떨렸다. 머리가 부어오른 것 같기도 하고, 목이 부은 것 같은 느낌도 들었다. 더웠다. 특히 침대 테이블이 있는 오른쪽이 그런 것 같았다. 빨간색 모금함이 벌겋게 달아오른 오븐처럼 이글거렸다. 나는 비로소 내 얼굴에서 열이 난다는 걸 알아차렸다. 눈 앞에서 빨간 원들이 춤을 추듯 어른거렸다.

　로우 이모는, 사람은 천성적으로 착하다고 말했다. 다만 삶과 상황이 사람을 나쁘게 만든다고 했다. 나는 그 말을 믿지 않는다. 우리가 살아가고 있는 이 곳의 상황은 누구에게나 다 똑같다. 그럼에도 어떤 아이는 나쁘고 어떤 아이는 그렇지 않다. 어떻게 엘리자벳과 레나테를 서로 비교할 수 있겠는가? 그런데도 그들은 둘 다 이 곳, 더구나 같은 방 안에 살고 있다. 나 자신에 대해서는 깊이 생각해 보고 말 것도 없다. 내가 로우 이모만큼 착하지 않은 건 확실하다.

　주잔네가 뒤척거린 지 벌써 한참이 지났다. 이제 차츰 동작도 느려지면서 덜 뒤척일 것이다. 조금 있다가 레나테가 울기 시작했다. 나는 눈을 떴다. 처음에는 아무것도 보이지 않다가 차츰 어둠에 익숙해지면, 테이블 위에 있는 모금함의 윤곽이 뚜렷하게 보인다. 물론 색은 보이지 않는다. 빨간색은 어둠 속에서 까맣게 보인다. 엉겨붙은 피처럼.

어머니 쉼터의 원장이 주겠다고 한 상품은 과연 무엇일까? 우리 가운데 누군가 받게 되면 알게 될 테지. 혹시 다른 학교에 다니거나 다른 기숙사에 살고 있는 아이들도 기금 모금에 참여했을지 모른다. 그럴 수도 있다. 우어반 사감은 거기에 대해 별다른 말은 하지 않았다. 하지만 그렇더라도 어쨌든 우리들 가운데 누군가 한 명이 상을 받게 되리라는 확신이 든다. 우리에게는 그것이 정말로 필요하기 때문에 당연히 그렇게 되어야만 한다. 다른 아이들은 이미 다 갖고 있을 테니까. 혹시 원하는 걸 다 갖고 있진 못하더라도 그들에게는 부모가 있고, 자기 것이라고 내세울 수 있는 물건들이 있다. 기숙사에서 살지 않는 아이들도 우리 학교에 꽤 많이 다니고 있기 때문에 잘 안다. 그런 애들을 우리는 외지인이라고 부른다. 우리는 밖에 나갈 때나 시내를 돌아다닐 때 종종 그 애들을 본다. 그들은 길거리나 허물어진 빈 집에서 놀기도 하고, 어머니를 따라 시장에 가기도 한다. 가끔은 몇몇 아이들이 자전거를 타고 기숙사 근처까지 왔다가, 우리가 뜰이나 운동장에 모여 있는 것을 호기심 어린 눈으로 바라보곤 한다. 그 애들이 타는 자전거는 다 멋져 보인다. 아니, 그건 좀 과장된 말이다. 때로는 낡은 자전거도 있다. 하지만 빨강, 파랑, 은색으로 반짝반짝 빛나는 새 자전거를 타고 다니는 아이들이 많다.

나는 자전거가 없다. 로우 이모에게는 한동안 덜거덕거리는 자전거가 한 대 있었다. 그 때 이모는 내게 자전거 타는 법을 가르쳐 주려고 했다. 그런데 내가 갑자기 요양원에 가게 되었고, 이모의 자전거는 그 후 얼마 안 가 완전히 고장나고 말았다. 이모는 나중에 다시 자전거를 사면 내게 가르쳐 주겠다고 약속했다.

로우 이모가 예전에 폴란드에서 겪은 어린 시절 이야기를 들려준 적이 있다.

이모는 외할아버지 몰래 자전거를 끌고 나가 동생을 뒷자리에 태우고 달렸다. 그런데 이모네 집에서 얼마 떨어지지 않은 곳에 가파른 언덕길이 있었다. "정말 가팔랐지. 아예 낭떠러지였어." 하고 이모는 말했다.

이모는 그 언덕길을 내려가다가 갑자기 브레이크가 말을 듣지 않는다는 사실을 알아챘다. 브레이크가 고장나 있었던 것이다. 그 때만 해도 나는 자전거 브레이크가 어떤 기능을 하는지 몰랐기 때문에 그게 무슨 뜻인지 이해할 수 없었다. 바퀴 회전이 점점 더 빨라지고 자전거가 좀체로 서지 않자 이모는 더럭 겁이 났다. 하지만 동생은 장난만 쳤다.

언덕 아래쪽에서 이모가 할 수 있는 일은 세 가지였다. 첫째는 큰길까지 내처 달리는 것이었다. 하지만 길에는 자동차나 짐마차가 지나다닐 수도 있었다. 아니면 역시 큰 사고가 날 가능성이 있지만, 아예 보행자 쪽으로 방향을 바꿀 수도 있었다. 둘째 방법은 큰길과 언덕길 사이에 있는 나무를 들이받는 것이었다. 마지막 방법으로는 리프만 박사네 정원을 에워싸고 있는 빽빽한 덤불로 돌진하는 것이었다. 물론 이모는 덤불을 택했다. 내가 그런 상황이었다 해도 그 길을 택했을 것이다. 결국 자전거가 넘어져서 동생의 머리에서 피가 나고 무릎과 팔꿈치가 까졌다. 로우 이모는 어떻게 되었는지 말해 주지 않아 알 수 없다. 다만 이모가 외할아버지한테 매를 맞았다는 것만 들었을 뿐이다.

이모가 말했다.

"자전거 때문이 아니었어. 동생이 죽을 뻔했기 때문이지. 하마터면 동생을 죽일 뻔했다고 외할아버지께서 심한 꾸중을 하셨어. 외할아버지는 정말 좋은 분이셨단다. 그렇지만 손맛은 아주 매웠지."

도무지 이해할 수 없는 말이었다. 내가 생각하기에 손맛이 매운 사람은 절대로 선한 사람이 될 수 없다. 가끔 보면, 로우 이모는 마음이 너무 여려서 모든 걸 잘 용서해 준다. 나는 정반대다. 나는 로우 이모의 말처럼 외할아버지가 그렇게 좋은 분이었다고는 생각하지 않는다. 외할아버지는 피살당했다고 한다. 하지만 내가 어디에서 어쩌다가 그렇게 되었느냐고 물으면 이모는 언제나 대답을 피한다. 하지만 좋은 분이었다는 말은 항상 빼놓지 않고 한다. 이모는 외할아버지 얘기만 꺼내면 늘 눈물을 쏟는다.

이모는 외할머니에 대해서는 아직 한마디도 하지 않았다. 나도 이모의 지난날에 대해서 먼저 묻는 일은 없다. 이모 스스로 말해 줄 때까지 기다린다. 왠지 그런 것을 물어 보기가 망설여진다. 이모가 자꾸 눈물을 흘리기 때문이다.

이모의 그 동생이 나중에 우리 엄마가 되었다. 나는 가끔 로우 이모의 자전거 모험이 다른 식으로 끝이 났다면 어땠을까 생각할 때가 있다. 외할아버지 말대로라면 엄마가 죽었을 수도 있다. 만약 그랬다면? 그렇다면 나는 세상에 태어나지도 않았을 것이다. 그건 상상도 할 수 없는 일이다. 혹은 로우 이모가 죽었을 수도 있다. 그건 더더욱 상상할 수 없는 일이다. 로우 이모가 없는 세상? 이모의 웃음소리가 없는 세상? 이모의 명언이 없는 세상……?

생각만 해도 숨이 멎어 버릴 것만 같다. 누군가 내 머리를 강제로 물 속에 처박는 느낌이다.

로우 이모, 이모 말이 맞아요. 머릿속이 어두우면 마음도 밝아질 수 없어요. 이모는 머릿속이 어두웠던 적이 한 번도 없었나요?

동전을 보고 몸을 굽힌 사람만이
그것을 주머니에 넣을 수 있다

    창가 쪽에서 엘리자벳이 코를 골며 잔다. 주잔네와 도로테아도 이미 잠들었고, 유타는 볼 필요도 없다. 레나테까지 어느새 울음을 그치고 고른 숨을 내쉬고 있다. 다만 로제마리만은 아직 깨어 있을지도 모른다. 나는 좀더 기다리기로 했다.
    갑자기 침대에서 삐걱거리는 소리가 나서 눈을 반쯤 뜨고 조심스레 사방을 살펴보았다. 로제마리였다. 그 애가 조용히 일어나 살금살금 밖으로 나갔다. 내 침대 쪽으로는 눈길도 던지지 않았다. 그제야 비로소 그 애가 듀로를 찾아가고 있다는 걸 분명히 알았다. 그 뚱뚱한 암소 같은 애가 더 좋다면 얼마든지 그렇게 하라고 놔 두겠다. 나하고는 상관 없는 일이니까. 둘 다 꼴도 보기 싫다.

이제 나는 이 방 안에서 유일하게 깨어 있는 사람이 되었다. 얼굴이 화끈 달아오르고, 모금함도 뜨겁게 달궈진 것처럼 보였다. 방 안이 좀더 밝아졌다. 아마 달이 구름을 비껴 나온 듯 싶었다. 어쨌든 희미한 어둠 속으로 레나테의 모습이 뚜렷하게 보였다. 레나테의 침대는 엘리자벳의 침대 맞은편 창가에 있다. 그 애는 몸을 잔뜩 구부린 채 모로 누워 있었다. 오른손으로 움켜잡은 이불 한쪽 귀퉁이를 입에 대고 꼭 누른 채. 마치 어린아이 같았다.

갑자기 삐삐 생각이 났다. 삐삐도 언제나 그렇게 잤다. 삐삐는 전에 있던 보육원에서 나와 함께 놀곤 했던 아이의 이름이다. 그 애의 진짜 이름은 모르지만 모두들 삐삐라고 불렀다. 그 아이는 지금 어떻게 지내고 있을까? 그 동안 그 아이 생각이 전혀 나지 않았다니 참 이상한 일이다. 아니, 따지고 보면 아주 이상한 일도 아니다. 세상일이 원래 다 그런 거니까.

나는 원래 잘 잊어버린다. 다음에 주잔네가 동생을 면회하러 갈 때에는 반드시 삐삐에게 줄 선물을 무엇이든 보내 줘야겠다.

나는 조용히 조심스럽게 침대에서 일어났다. 양말만 신고 신은 그대로 두었다. 책가방을 여는데 소리가 났다. 멍청하게도 주머니칼을 미리 꺼내 놓지 않았던 것이다. 주머니칼은 책가방 속에 있었다.

저녁이면 기온이 떨어져서 초록색 점퍼를 꺼내 입었다. 그리고 주머니칼을 챙긴 뒤 모금함을 손에 들었다. 물론 모금함은 뜨겁지 않았다. 돈 소리가 나지 않게 하려고 모금함을 점퍼 속에 넣어 가슴에 대고 꼭 눌렀다. 그리고 복도로 나가 작업실을 가로질러 가방 창고로 갔다.

마침내 누더기 담요 위에 자리잡고 앉아 촛불을 켠 다음, 모금함을 불 가까이 갖다 대었다. 납봉인 위에 있는 두 개의 철사는 거의 보이지 않고 그 그림자만 빨간 철판 위에 나타났다. 촛불 아래서 보니 통이 붉게 타오르는 양귀비꽃 같았다.

어쩌면 상품은 자전거가 아닐까? 아니, 그럴 리가 없다. 자전거는 너무 비싸니까. 사실 난 상품이 무엇이든 상관 없다. 내가 원하는 건 전혀 다른 것이기 때문이다. 바로 로우 이모에게 가는 것.

물론 지금 내가 하려는 짓은 해서는 안 될 일이다. 원칙으로는 그렇다. 하지만 그게 무슨 상관인가. 해서는 안 되는 일이야 셀 수 없이 많은데.

로우 이모는 말했다.

"동전을 보고 몸을 굽힌 사람만이 그것을 주머니에 넣을 수 있다."

맞는 말이다. 나는 몸을 굽히고 싶다.

10마르크를 꺼낸다는 것도 따지고 보면 그 돈이 내게는 엄청나게 큰 돈이지만, 어머니 쉼터의 입장에서 보면 아무것도 아니다. 빵 위에 버터를 1밀리미터쯤 적게 바르는 것과 같다.

그 곳에서 쉴 어머니들이 어쩌다 한 번 버터를 듬뿍 바르지 않은 빵을 먹었다고 해서 무슨 큰 일이 일어나는 것도 아니다. 충분히 참아 줄 수 있을 만한 일이다.

기숙사에서는 물건들을 잃어버리는 경우가 꽤 많다. 조심하지 않으면 돈이나 사탕 같은 것들이 순식간에 사라져 버린다. 수채 물감이라든가 편지지처럼 누구의 것인지 금방 알 수 없는 물건들도 그렇게 되기 일쑤다. 그래서 우리는 연필에 각자 표시해 두곤 한다. 또 어떤 것들은 절대로 없어지지 않는 게 있다. 예를 들면 엘리자벳의 인형이나 내 담요 같은 것들이다. 남이 그것을 가져다가 뭘 하겠는가? 모두들 그게 누구 것인지 뻔히 알고 있는데 말이다.

나는 도둑질이 별로 나쁜 짓은 아니라고 생각한다. 하지만 로우 이모는 '내 것'과 '네 것' 사이에는 엄연한 구분이 있다고 말했다. 다만 배가 몹시 고플 때는 경우가 조금 다르다고 했다. 그 때도 훔치는 건 옳지 않지만, 이해될 수는 있는 일이라고 말이다.

하지만 이모, 그리움도 배고픔과 비슷한 것 아닌가요? 내 말이 맞죠, 안 그래요? 그리움은 영혼이 허기진 거라고 말할 수 있지 않을까요?

물론 이모에게는 아무 말도 하지 않을 것이다. 그냥 길에서 10마르크를 주웠다고 할 생각이다. 이모를 속이고 싶은 생각은 없지만, 진실이 이모의 마음을 아프게 한다면 차라리 말하지 않는 편이 더 낫다.

내 고민은 오히려 전혀 다른 것이다. 만약 발각되면 어떻게 될까? 나중에 내가 철사를 망가뜨렸다는 사실이 밝혀지면 어떻게 되나? 그러면 그 때는 가지고 놀다 그렇게 되었다고 말해야겠다. 실수로 철사를 망가뜨렸다고 말이다. 어차피 철사도 아주 가늘다. 그런데 만약 그랬다가 사람들이 내게 왜 진작 우어반 사감한테 그런 사정을 말하지 않았느냐고 묻는다면? 그럼 나는 돈을 훔쳤다고 의심받을까 봐 두려워서 그랬다고 해야. 아무것도 가져가지는 않았다고 말해야지.

계속 그렇게 우기면 아무도 내게 어쩌지 못할 것이다. 내가 가져갔다는 걸 그들이 어떻게 증명할 수 있겠는가? 내 통 안에 돈이 얼마나 들어 있었는지 아무도 모르지 않는가?

혹시 돈을 찾으려고 내 물건들을 뒤질지도 모르니 돈은 기둥 뒤에 숨겨 두기로 했다. 꽤 괜찮은 생각 같았다. 전에 아르눌프도 늘 내게 말했다.

"자기가 한 말을 끝까지 고집하고, 다른 사람이 증거를 찾아내지 못하게 조심해야 돼."

아르눌프는 엄마와 같이 살 때 옆집에 살았던 아이다. 그 애는 종종 경찰서에 끌려갔고, 모든 아이들에게 최고의 장물아비였다. 그 애가 어디에서 어떻게 미국 담배를 공급받는지는 아무도 알아내지 못했다. 그 애는 절대 입을 열지 않았다. 그래서 경찰은 늘 그 애를 다시 풀어 주어야만 했다. 아르눌프는 머리가 좋고 성격이 집요해서 원하는 건 반드시 손에 넣었다. 내가 요양원으로 갈 때 주머니칼을 건네준 것도 바로 그 애였다. "이별의 선물로 주는 거야." 하고 그 애가 말했다. 하지만 그때는 그것이 우리의 마지막 만남이 될 줄은 아무도 몰랐다. 그날 이후 엄마에게도 더 이상 돌아갈 수 없게 될 줄은 나조차도 알지 못했으니까.

하지만 요양원에서 사람들이 내 등과 다리를 보고 사회복지사를 불렀고, 그 여자가 모든 일을 처리했다. "이젠 더 이상 무서워하지 않아도 돼." 하고 사회복지사가 말했다. 그 여자는 모든 걸 이해하진 못했지만 애는 많이 썼다.

로우 이모는 '보육원'이라는 말을 듣자 기가 막힌 모양이었다. 이모는 속마음을 전혀 감추지 못한다. 나도 전에는 그랬지만 이제는 많은 것을 알게 되었다. 모름지기 사람은 마음속에 무슨 생각을 담고 있는지 말도 하지 말고 티도 내지 말아야 하는 것이다. 생각조차도 신중해야 한다. 스스로를 위해 경계해야 할 생각들이 있기 때문이다.

나는 모금함의 표면이 그을리거나 작은 기포라도 생길까 봐 모금함을 촛불에서 조금 떼어 놓았다. 뚜껑에 있는 잠금 장치의 좁은 관 속에 가느다란 철사가 끼워져 있고, 철사의 양쪽 끝이 모금함 모서리의 고리 속에 들어가 납땜이 돼 있었다. 양쪽 철사 가운데 하나를 끊으려면 잠금 장치의 좁은 관과 고리 사이로 칼을 밀어넣어야 하는데, 간격이 너무 좁아 칼을 넣을 틈이 없었다. 나는 빨간 모금함에 긁힌 자국이 나지 않기를 간절히 빌면서 칼날이 미끄러지지 않게 조심조심 계속 쑤셔 댔다.

간단치가 않았다. 철사가 통에 너무 바짝 붙어 있었다. 주머니칼은 적당한 도구가 아니었다. 나는 다시 칼을 접어 주머니 속에 집어넣었다. 바깥 선반 위에 있는 가위가 생각났기 때문이다. 자리에서 일어나 문을 열기 전에 혹시 밖에서 이상한 소리가 나지 않는지 귀를 문에 바짝 갖다 댔다.

밤중에 작업실로 사람이 오는 경우는 한 번도 없었지만, 두려움을 완전히 떨쳐 버릴 수는 없었다. 물론 나는 허클베리 핀처럼 한밤중에 마귀와 유령이라도 만나게 될까 봐 무서워하는 건 아니다. 우어반 사감이 갑자기 나타나 "지금 이 시각에 여기서 뭘 하고 있는 거니?" 하고 불쑥 물어 올 것만 같아서였다. 오늘 같은 날은 특히 난처하겠지만, 다른 날에도 대답하기가 난감했을 것이다. 그렇지만 설령 설거지 당번이 되더라도 처벌에 대한 두려움은 별로 없다. 다만 그렇게 되면 사감이 가방 창고의 열쇠를 더 이상 상자 속에 넣어 두지 않게 될까 봐 걱정될 뿐이지.

촛불을 들고 나가 가위를 몇 개 골라 왔다. 가위들 중 하나는 기둥 뒤에 놓기로 했다. 혹시 언제 다시 필요하게 될지 알 수 없으니까 말이다.

제일 먼저 손에 잡은 것이 가는데다 끝이 뾰쪽해서 잘 들었다. 철사는 내가 생각했던 것보다 훨씬 더 쉽게 끊어졌다. 물론 끊다가 통에 작은 흠집을 냈지만, 사람들 눈에 쉽게 띨 정도는 아니었다. 철사를 좁은 관 속으로 밀어넣은 다음 뚜껑을 열었다. 통 안은 돈으로 거의 차 있었다. 상은 분명히 내가 받으리라. 그 누구도 나보다 더 많은 돈을 모을 수는 없을 것이다. 하지만 이제 그런 건 어찌 되든 나랑 상관도 없고, 또 그런 시시한 상 따위는 받고 싶은 생각도 없다.

손가락으로 모금함 안을 휘저었다. 동전이 뭉툭하게 손에 잡히며 소리가 조금 났다. 그렇게 많은 돈을 보니 기분이 이상해졌다. 그 안에는 1페니히와 2페니히짜리도 많았지만 대부분이 5페니히나 마르크 동전이었다. 가끔 은빛 나는 동전도 보였다. 어머니 쉼터뿐만 아니라 나까지도 부자로 만들 수 있을 만한 돈이었다. 돈을 한 움큼 꺼내 담요 위에 놓고, 다시 한 움큼 더 꺼내고, 계속 꺼냈다. 마침내 내 앞에 동전이 수북하게 쌓였다. 이렇게 많다니! 이 돈으로 무엇이든 할 수 있으리라.

누군가 내 모금함을 훔쳐 갔다고 말해 버릴까? 모르는 남자한테 빼앗겼다고 할까? 아니다, 그런 생각은 아예 꿈도 꾸지 않는 게 좋다. 아무도 내 말을 믿지 않을 테니까. 그리고 실수로 어딘가에 놓고 왔다고 해도 말이 안 된다. 그런 생각은 머릿속에 담아 두지 않기로 했다.

하지만 그렇게 많은 돈을 보고 안타까운 생각이 드는 건 어쩔 수 없었다. 담요 위에 쌓아 둔 돈 속에는 50페니히짜리가 열 개, 1마르크짜리가 세 개, 그리고 2마르크짜리 하나가 있었다. 2마르크짜리는 내가 소시지를 간절하게 바라보던 첫날, 정육점 주인 여자가 넣어 주었을 것이다. 나는 그 속에서 2마르크짜리 하나, 1마르크짜리 하나, 그리고 50페니히짜리 여섯 개를 추렸다. 그런 다음 10페니히짜리 마흔 개를 따로 세어 놓았다. 그리고 세어 둔 동전들을 모두 신문지에 돌돌 말아 기둥 뒤 가장 후미진 곳에 감추었다.

동전에서 나는 소리가 갑자기 천둥 소리처럼 크게 들렸기 때문에 나머지 동전들을 하나씩 하나씩 조심스럽게 통 안에 집어넣었다.

기분이 좋지 않았다. 돈을 훔쳐서 그런 건 아니었다. 훔치다니 그게 무슨 말인가? 나는 훔치지 않았다. 다만 통에 너무 많이 들어 있던 돈을 조금 덜어 냈을 뿐이다. 로우 이모에게 가려면 돈이 필요하니까. 꼭 가고 싶다. 안 그러면 다시 몸이 많이 아플 것 같다. 지금도 몸이 좋지 않다. 내일이 토요일이니까, 바로 내일 로우 이모에게 갈 작정이다. 수업이 끝난 뒤 기차역으로 가야 될 마지막 순간에 우어반 사감한테 말해서, 사감이 어쩔 수 없이 허락하게끔 만들어야지. 토요일에는 로우 이모와 전화 통화를 할 수 없다. 사감은 분명히 허락할 것이다. 내일은 꼭…….

그런데 문득 운 좋게 손에 넣은 것에 대해 섣불리 행동하면 안 되며, 그렇게 하면 일이 잘못 풀릴 수도 있다는 말이 떠올랐다. 맞는 말이다. 나는 로우 이모에게 내일 가지 않고 다음 주말에 가기로 마음을 고쳐먹었다.

어느새 기분이 괜찮아졌다. 그러자 레나테에게 초콜릿을 선물로 줘야겠다는 생각이 들었다. 나에게 벌을 줘야겠다는 생각에서가 아니라 나 혼자 너무 많이 갖지 않는 게 공평할 것 같아서였다.

오늘 저녁 식사 시간에 잉에가 캐러멜을 몰래 손에 쥐여 주었다. 나한테만 주고 다른 아이들한테는 주지 않았다. 나도 레나테에게 초콜릿을 주어서 그 애도 뭔가 받는 것이 있게 해 주어야겠다. 아주 괜찮은 결론 같아서 갑자기 모든 것이 편안하게 느껴졌다.

이제는 철사를 좁은 관 속으로 밀어넣은 다음 양쪽 끝을 조심스럽게 이어 놓아 아무도 내가 뚜껑을 뜯었다는 사실을 알아챌 수 없게 해야 한다.

그런데 갑자기, 갑자기 숨이 막혔다. 미처 계산해 두지 못한 게 있었다. 아무리 열심히 잡아당겨도 철사의 양쪽 끝이 너무 짧아 서로 닿지 않았다. 이어 놓는다는 것이 도저히 불가능했다. 손이 부들부들 떨리기 시작했다. 왜 그렇게 멍청했을까? 왜 진작부터 그 생각을 하지 못했을까? 서로 이을 만큼 철사가 길지 않다는 걸 왜 미리 짐작하지 못했을까?

침착하게, 아주 침착하게 생각을 모으기로 했다. 안 그러면 모든 것이 끝장날 처지였다. 마음을 가라앉히고 앞으로 어떻게 해야 할지 곰곰이 생각해 보았다. 그렇게 하는 건 전에도 종종 해 봐서 별로 어려운 일이 아니었다.

그런데도 손이 떨리지 않게 되기까지 오랜 시간이 걸렸다. 드디어 방법이 하나 떠올랐다. 철사 끝을 촛농으로 이어 보기로 했다. 촛농이 굳으면 어느 정도 지탱해 줄 수 있을 것 같았다. 아무도 잡아당기지 않는다면 가능할 것이다.

그러나 그렇게 간단치는 않았다. 손이 조금만 떨려도 안 되는 아주 힘든 작업이었다. 나는 억지로 아무 생각도, 심지어 이모조차도 생각하지 않으려고 노력했다. 특히 이모 생각은 절대로 하지 않고 지금 내가 하고 있는 일에만 정신을 집중하기로 했다.

통을 비스듬히 기울여 놓고 손가락을 양쪽 철사 끝 밑에 댄 다음 촛농을 떨어뜨렸다. 뜨거워서 몸이 움찔하는 바람에 촛농이 모금함 위로 흘러내렸다. 나는 차츰 굳어 가는 촛농 방울을 손톱 끝으로 조심스럽게 긁어 냈다.

촛농이 완전히 굳어서 단단해질 때까지 시간이 한참 걸렸다. 잘 붙은 것처럼 보였다. 철사가 서로 이어진 것이다. 하지만 촛농을 조금 얇게 긁어 내려고 하자 금방 갈라지며 철사 끝이 삐죽 밖으로 나와 버렸다.

모든 것을 처음부터 다시 시작해야만 했다. 처음부터 촛농을 너무 많이 떨어뜨리지 않게 조심하고, 촛농 방울을 더 얇게 만들었다.

하지만 두 번째도 실패였다.

이 모든 짓을 처음부터 아예 시작하지 않았더라면 좋으련만! 그러나 지금은 너무 늦었다.

촛불을 들고 작업실로 가서 가위를 제자리에 갖다 놓고 무엇이든 쓸 만한 것이 있는지 찾아보았다. 다행히 있었다. 연장들이 들어 있는 서랍에서 본드를 발견했다. 그것만 있으면 가능할 것 같았다.

이번에는 좀더 신중하게 했다. 통을 옆으로 뉘어 무릎 사이에 끼워 놓고 뚜껑이 동전에 밀려 열리지 않게 한 다음, 손가락 두 개로 철사 끝을 잡아 붙들었다. 그런 다음 거기에 본드 한 방울을 떨어뜨렸다. 잠시 후 손을 치우고, 이어진 것을 위로 올려 철사를 좁은 관 속에 밀어넣은 다음 본드가 굳을 때까지 기다렸다.

기다리고, 기다리고, 또 기다렸다. 그리고 아무 생각도 하지 않았다. 아무 생각도.

시간이 얼마나 흘렀는지, 몇 분 아니면 몇 시간이 흘렀는지 알 수 없었다. 몸이 굳어 버린 듯 꼼짝도 하지 않은 채 가만히 앉아 있었다. 그런 다음 잘됐는지 살펴보았다. 성공했다. 굳어 있는 덩어리를 조금 잡아당겨 보아도 괜찮았다. 다만 색이 너무 밝고 투명해서 철사의 양쪽 끝이 맞닿지 않은 게 보였다. 하지만 그리 큰 문제가 될 것 같지는 않았다.

나는 침과 바닥의 먼지를 이용해서 본드가 굳은 부분을 옅은 잿빛이 되게 하고 그 옆에도 조금 묻혀 주었다. 통이 조금 지저분해 보이긴 했지만, 철사가 끊어졌던 것처럼 보이지는 않았다.

자세히 들여다보지만 않는다면 — 사실 그것을 자세히 들여다볼 이유가 어디 있겠는가 — 모든 것이 정상으로 보였다. 조금 지저분해 보일 뿐 별로 특이한 점은 없었다.

나는 통을 담요 위에 내려놓았다. 벽돌 틈으로 불어 오는 바람결에 촛불이 마구 흔들렸다. 그제야 몸이 다시 떨리기 시작했다. 안도감에 눈물까지 나왔다.

한번 울음이 터지면 도저히 참을 수 없다. 펠리카놀 통을 꺼내 뚜껑을 열었다. 하지만 그것도 아무 소용이 없었다. 나는 머리가 어지럽고 침을 삼키기 어려울 정도로 오랫동안 울었다.

하지만 결국 울음이 멎었다. 마음을 진정시키려고 펠리카놀에서 나는 향기를 조금 맡았다. 머릿속이 텅 빈 것 같았다.

모금함을 조심스럽게 들고 방으로 가서 더러워진 부분이 눈에 띄지 않게 돌려 침대 테이블에 올려놓았다. 로제마리는 자기 침대에서 자고 있었다. 혹시 그 애가 내가 없어진 걸 보았을까? 그 애는 내가 어디로 갔다고 생각했을까? 하지만 어쨌든 상관 없다. 그 애는 내가 방에 없었다는 말을 우어반 사감에게 하지 못할 것이다. 그 말을 하면 자기도 소등 시간 이후에 방 밖으로 나갔다는 걸 실토하는 꼴이 될 테니까. 어쨌든 로제마리는 고자질이나 하는 그런 애는 아니다. 아무래도 상관 없다. 이제는 아무것도…….

다시 침대에 누워 삐삐 생각을 했다. 그 아이의 가느다란 팔과 얼굴이 눈앞에 선했다. 그 애를 어떻게 잊을 수 있었을까? 같이 지낼 때 나는 그 애가 내 여동생이었으면 좋겠다는 생각을 참 많이 했다. 나도 누군가 사랑하는 사람이 있었으면 해서. 요즘은 어떻게 지내고 있을까? 보호막이 되어 줄 수 있는 큰 아이를 다시 만났을까?

삐삐는 종종 우리에게 노래를 불러 주었다. 「오, 캉가세로」인가 그런 비슷한 노래였는데, 아무튼 독일어는 아니었다. 그 애는 노래를 부르면서 빙빙 돌다가, 팬티가 다 보일 정도로 치마를 높이 치켜올리곤 했다. 정말 귀여웠다. 하지만 어느 날 마우러 원장이 그 광경을 보고는 고함을 치면서, 다시는 그런 짓을 하지 말라고 호되게 꾸중했다. 평소에 소리를 잘 지르는 사람이 아닌데 그렇게 화를 내자 얼굴이 창백해 보였다. 삐삐는 깜짝 놀라 엉엉 소리를 내며 울었다. 그래서 마우러 원장이 삐삐를 안고 뽀뽀를 해 주었다. 하지만 삐삐는 원장이 뽀뽀하는 것이 싫어서 계속 울어 댔고, 결국 내가 달래 주었다. 나중에는 삐삐가 내 침대에서 잠든 것을 보고도 마우러 원장은 아무 말도 하지 않았다. 그 때 그 모든 일이 왜 그렇게 이상하게 느껴졌는지 나는 지금도 이해가 잘 안 된다. 삐삐는 두려움에 떨었고, 나도 마찬가지였다.

왜 좀더 재미있는 일이 떠오르지 않을까? 이제는 차비를 구해 놓았으니 당연히 기뻐해야 한다. 사실 나는 지금 아주 편안한 마음으로 잠들어 있어야 한다.

  숫자를 세기 시작했다. 5페니히짜리와 10페니히짜리를 세는데, 가끔 동전들이 은빛으로 번쩍거리는 것 같았다. 뜨거운 촛농이 떨어졌던 손끝이 아려 왔다. 가위에 찔린 오른쪽 검지손가락 끝도 아팠다.

  갑자기 삐삐의 원래 이름이 생각났다. 지그리트였다.

9장.
에덴 동산이라도 혼자뿐이라면 즐겁지 않다

 다음날 아침 식사 시간에 우어반 사감이 자리에서 일어나 종을 흔들었다. 식사가 끝나는 대로 어머니 쉼터의 기금 모금함을 수거하겠다고 했다. 그래서 기금 모금에 참여한 사람들은 학교 수업이 시작되기 전에 모두 작업실로 가서 모금함을 내야만 한다는 것이었다.
 갑자기 식욕이 떨어져서 손에 들고 있던 두 번째 빵 조각을 다시 빵 바구니 속에 넣었다. 내 접시에는 내 몫으로 받은 마가린이 절반쯤 남아 있었다. 그것을 나이프로 걷어 레나테에게 내밀었다. 하지만 그 애도 고개를 가로저었다. 내 마가린을 먹지 않겠다는 걸 보니 배가 고프지 않은 모양이었다.
 듀로가 "이리 줘." 하며 손을 뻗었다. 나는 어쩔 수 없이 마가린을 그 뚱뚱한 암소한테 줄 수밖에 없었다.

"왜 그래, 할링카. 너 또 아프니?"

식탁 맞은편 구석에 앉아 있던 잉에가 물었다. 나는 어깨를 들썩해 보였다. 속이 메슥거리는 것을 보니 몸이 다시 아파 올 것 같았다.

"나, 내일부터 양호실 당번이야." 하고 잉에가 말했다.

층계를 올라가는데 무릎이 떨렸다. 속이 안 좋아서 먼저 화장실로 갔다. 변기 위로 몸을 숙이고 토하려고 했지만 물만 조금 나왔다.

방으로 갔더니 엘리자벳이 자기 모금함을 들고 막 밖으로 나오려던 참이었다. 그 애는 새로 받은 갈색 스웨터를 입고, 목에는 초록색 머플러를 두르고 있었다. 나도 모금함을 손에 들었다. 갑자기 모든 것이 흐릿하게 보이고 철사도 제대로 보이지 않았다. 아침 식사 시간 전 밝은 아침 햇살에도 철사가 잘 붙어 있는 것처럼 보였던 것에 불현듯 의구심이 들었다. 우어반 사감이 그것을 보면 어떻게 될까? 그럼 나는 무슨 말을 해야 하나?

나는 철사를 이어 붙인 곳에 절대로 손이 닿지 않게 하면서 조심스럽게 통을 들었다. 다리가 떨리고 얼굴에 열이 있는 듯 화끈거렸다. 냉정을 되찾기 위해 먼저 세면실로 가서 얼굴을 씻었다.

작업실에는 우어반 사감이 모금함을 담을 상자를 앞에 놓고 작업대 뒤에 서 있었다. 이번에는 상자가 두 개뿐이었다. 창가에는 엘프리데가 앉아 있었다. 우어반 사감이 엘프리데를 제일 예뻐한다는 사실은 누구나 잘 알고 있다. 하지만 나는 그 애가 전혀 부럽지 않다. 우어반 사감은 필요할 때면 언제나 그 애를 부른다. 예를 들어 자신이 직접 복도를 오가며 종 치는 것을 싫어하기 때문에 엘프리데에게 그 일을 시킨다. 그리고 무거운 것을 옮겨야 할 때도 덩치가 크고 힘이 센 그 애를 부른다. 어쨌든 상관 없다. 엘프리데가 자주 아이들을 때리는 걸 우어반 사감은 알고 있을까?

우어반 사감은 미리 준비해 둔 이름표를 모금함 뚜껑 위에 붙였다. 엘리자벳이 맨 먼저 모금함을 냈고, 이어서 클라우디아와 1학년에 새로 전학 온 아이가 냈다. 그 애는 이름이 뭘까? 주잔네한테 한번 물어 봐야겠다. 이번 고비를 잘 넘긴다면 말이다.

"상은 언제 주는데요?"

클라우디아가 물었다.

우어반 사감이 그 아이의 모금함을 받았다.

"시상은 아마 다음 주 수요일에 있을 거다. 레만 부인이 주말 동안 이 돈을 모두 세어 보겠다고 약속했거든. 모든 일이 잘 되면 월요일쯤에 누가 행운을 잡았는지 알 수 있게 될 거다."

어머니 쉼터의 원장 이름이 레만 부인인 모양이었다. 하지만 이름이 무엇이든 나하고는 전혀 상관 없다.

내 차례가 되었다. 나는 우어반 사감이 손잡이를 잡을 수 있도록 통을 돌려서 냈다. 사감이 통을 잠시 손에 들고 있을 때, 나는 숨이 막힐 것 같았다. 사감이 팔꿈치를 괼 때는 심장이 마구 뛰었다. 한참 만에 사감이 얼굴 가득 웃음을 띠며, 이미 거의 가득 찬 두 번째 상자에 모금함을 집어넣었다. 그리고 뚜껑 위에 내 이름이 적힌 쪽지를 붙였다.

"네 통이 아주 무겁구나, 할링카. 정말 아주 무거워."

그제야 나는 다시 숨을 내쉬었다. 갑자기 모든 것이 아무 의미도 없는 것처럼 느껴졌다. 나는 별것 아니라는 투로 어깨만 으쓱해 보였다. 이미 상을 받았기 때문에 그보다 더 좋은 상은 필요 없다. 다음 주말에 나는 로우 이모에게 갈 것이다. 10주 만이다. 내 관심사는 오로지 이모에게 가는 일뿐, 나머지 다른 모든 일들은 나와 전혀 상관 없다. 그 어떤 사람도 상관 없다. 엘프리데든 우어반 사감이든. 로제마리도 그렇고, 아까 내 마가린을 받지 않은 멍청한 레나테도 마찬가지다. 레나테라는 이름도 멍청하기 짝이 없지만, 그것도 나와는 아무 상관 없다.

점심 식사 후에 유타와 주잔네가 가방을 챙겼다. 유타는 할머니네 집에 가고, 주잔네는 동생을 보러 힐데가르디스로 간다. 그제야 주잔네 편에 삐삐에게 줄 선물을 보내려고 했던 생각이 떠올랐다. 하지만 레나테에게 주기로 마음먹은 초콜릿 말고는 갖고 있는 게 아무것도 없었다. 게다가 그 초콜릿을 주었다가는 주잔네가 가면서 혼자 다 먹어치울 게 뻔했다. 나는 옆방으로 가서 잉에한테 사탕 하나만 달라고 했다. 잉에가 뜻밖이라는 표정을 지었다.

"주잔네가 동생을 면회하러 힐데가르디스로 간대. 삐삐에게 뭔가 갖다 주라고 했으면 좋겠어."

잉에는 즉시 내 마음을 알아차리고 옷장에서 사탕 세 개와 빨간 막대 사탕을 꺼내 주었다.

"다 가지고 가. 난 많이 있어."

잉에는 정말 욕심이 없는 아이다.

나는 곧장 우리 방으로 되돌아왔다. 주잔네는 아직 있었다. 얼른 종이 한 장을 뜯어 인형 그림을 그린 다음 안부 인사를 적고, 사탕 세 개와 빨간 막대 사탕을 돌돌 말았다. 주잔네가 그 작은 꾸러미를 받아 가방 속에 집어넣었다.

"삐삐한테 내게 편지 보내라는 말 좀 전해 줘."

주잔네는 고개를 끄덕이고는 가방을 들고 유타와 함께 밖으로 나갔다. 그 애들은 같은 기차를 타고 간다. 이번만큼은 전혀 부럽지 않았다. 모두 다 떠나 버린다고 해도 마찬가지였으리라! 나도 기쁨 속에 기다리는 일이 있기 때문이다.

하필이면 비가 내렸다. 그렇지 않으면 운동장에 나갈 수 있었을 텐데……. 토요일 오후에는 가끔 외지 아이들이 찾아와 운동장에서 공놀이를 한다. 운이 좋으면 그 애들이 나를 놀이에 끼워 주기도 하는데, 사람이 너무 많아서 내가 낄 자리가 없을 때에는 혼자서 멀리뛰기 같은 것을 하면서 논다. 그러나 비가 내리면 그 모든 것을 할 수 없다. 비가 내릴 때에는 기숙사 안에만 있어야 한다.

어쩌면 오히려 잘된 일인지도 모른다. 어차피 몸도 조금 안 좋으니까. 어젯밤에 거의 잠을 못 잤으니 당연한 일이다.

복도에 걸려 있는 시계를 보았다. 2시 35분. 만약 이모네로 가는 2시 27분 기차를 탔다면, 출발한 지 이미 8분이 지났을 시각이다. 그런데 지금 나는 기숙사에 앉아 있다. 책을 좀 읽어야겠다. 아니면 공상을 조금 하든가. 어쨌든 좀 쉬어야겠다.

로제마리는 책상에 화집과 수채 물감을 놓고 앉아 있다. 그 애는 꽃을 그리거나 긴 곱슬머리를 한 예쁜 여자를 자주 그린다. 그 애가 그린 그림 속 여자들은 가슴이 깊숙이 파이고 소매가 불룩한 옷을 입는다. 어떤 때에는 여자들이 손에 부채를 들고 있고, 나비가 그 주위를 맴돌기도 한다.

어제 저녁에 로제마리는 듀로에게 가 있었다. 어쩌면 그 애는 내가 이미 알고 있다는 걸 아는지도 모른다. 돌아왔을 때 내 침대가 비어 있는 걸 분명히 봤을 테니까. 아니면 내게 관심이 없어서 내 침대 쪽은 아예 거들떠보지 않았을지도 모른다.

엘리자벳은 침대 위에 다리를 접고 앉아 못난이 인형의 머리를 빗겨 주고 있었다. 도로테아는 등을 침대 머리맡에 기댄 채 목덜미에 깍지를 끼고 앉아 있었는데, 곱사등은 보이지 않고 목만 조금 짧아 보였다. 그 애는 엘리자벳과 함께 '난 볼 수 있는데, 넌 볼 수 없어' 게임을 하고 있었다.

나는 몹시 피곤해서 신발을 벗고 침대에 누웠다. 나는 자유 시간을 대부분 침대에서 보낸다. 나만 그러는 게 아니고 거의 다 그런다. 무엇을 해야 할지 모를 때가 종종 있기 때문이다.

나는 책도 읽지 않고 잠자는 척했다. 엘리자벳과 도로테아가 게임하는 것을 옆에서 지켜보는 것도 재미있다. 그 애들이 눈치채지 못하는 사이에 나도 그들과 함께 논다.

다만 내 게임의 규칙은 일반적인 것과 다르다. 엘리자벳과 도로테아는 방 안에 있는 물건만을 대상으로 하지만, 내 게임은 방 안에는 없고 내 기억 속엔 있는 것을 갖고 하는 게 규칙이다. 그리고 나는 그것을 아주 정확히 묘사해야 한다. 그것은 생각보다 훨씬 더 어렵고, 그래서 더 재미있다.

엘리자벳이 말했다.

"난 볼 수 있는데, 넌 볼 수 없어. 노란색이야."

노란색이라……. 노란색은 늦여름 무렵의 밀밭이다.

언젠가 로우 이모와 함께 들판을 달린 적이 있다. 이모에게 자전거가 있던 시절이었다. 이모는 나와 엄마를 보러 왔다가, 낯선 남자와 내 팔에 나 있는 시퍼런 멍을 보고는 나를 덥석 안아 자전거에 태우고 밖으로 나갔다. 나는 딱딱한 짐받이에 앉았고, 바퀴에 발이 끼이지 않게 옆으로 다리를 쭉 뻗었다. 밀밭 근처를 지나가다가 풍경이 너무 아름다워 우리는 잠시 자전거에서 내렸다. 온통 노란색이었다. 아니, 노란색뿐만 아니라 갈색도 조금 눈에 띄었다. 녹색도 간간이 보였다. 그리고 울긋불

굿한 꽃들이 사방에 무더기로 피어 있었다. 붉은 개양귀비꽃과 푸른 수레국화가 무리를 지어 활짝 피어 있었다.

밀밭 가장자리에도 푸른빛이 나는 다른 꽃들이 있었는데, 수레국화보다 색이 더 밝고 잎도 더 연했으며 좀 푸석푸석해 보였다. 꽃봉오리는 잎줄기에 바짝 붙은 채 깊이 박혀 있었다. 마치 종이로 만든 꽃처럼 보였다. 종이로 만든 원의 가장자리를 누군가 빙 돌려 가며 톱니바퀴처럼 촘촘히 잘라 놓은 것 같았다. 나는 그 꽃들이 무척 좋았다. 로우 이모에게 꽃 이름을 물었다. 이모는 폴란드 말로만 알려 주었고, 나는 곧 잊어버렸다. 꽃을 몇 송이 따고 싶었지만 줄기가 아주 질긴 바람에 따다가 그만 손을 베이고 말았다. 그 때는 아르눌프한테 이별의 선물로 주머니칼을 받기 얼마 전이었다.

다음날 선생님한테 그 꽃을 보이며 이름을 물어 보니 치커리 꽃이라고 했다. 아주 예쁜 이름이었다. '길에서 누군가를 기다린다'는 의미를 지닌 꽃이었다. 누구를 기다리고 있었을까? 물론 나였을 것이다. 요양원에서도 가끔 그 꽃 생각을 했고, 그 꽃이 거기서 내가 돌아오기를 기다리고 있을 거라고 상상했다. 그러나 그 후 다시는 그 꽃을 보지 못했다.

도로테아가 말했다.

"레나테 책상에 있는 공책 표지."

"아니야!"

엘리자벳이 신나서 소리치고는 말을 이었다.

"벌써 네 번이나 틀렸어. 이제 기회는 딱 한 번밖에 없어."
"포기할게."
엘리자벳이 깔깔대고 웃으며 말했다.
"로제마리의 양말이야."
도로테아가 항의했다.
"하지만 그건 옷장 안에 있잖아. 그러니까 보이지 않지."
엘리자벳이 거만하게 말했다.
"방 안에 있는 건 모두 할 수 있는 게 규칙이었어. 그리고 로제마리가 노란 양말을 갖고 있다는 건 너도 나랑 마찬가지로 잘 알고 있고."
 로제마리가 씩 웃었다. 나는 눈을 살짝 치켜뜨고 도로테아를 쳐다보았다. 화는 나지만 엘리자벳을 상대로 어떻게 할 엄두는 나지 않는 모양이었다. 아무도 엘리자벳에게 대들지 못한다. 도로테아가 입술을 꽉 깨물었다. 그러자 입술이 마치 오래 전에 다쳤다가 잘못 아문 상처처럼 허옇게 변하면서 부풀었다.
"좋아, 이젠 내 차례야. 난 볼 수 있고, 넌 볼 수 없어. 갈색이야."
"내 스웨터!"
"아니야!"
"책상 중에 하나겠지. 그런데 갈색은 흔한 색이야. 갈색인 게 너무 많아."

"그렇긴 하지. 어쨌든 책상이라고 해도 하나만 말해야 돼. 그렇지만 내가 조금 도와주지. 책상은 아니야."

갈색이라……. 갈색은 법원에 갔을 때 엄마가 입고 있던 옷이다. 그 날 사회복지사는 내 손을 꼭 쥐고 있었지만, 엄마는 나를 쳐다보지도 않았다. 어쨌든 내가 갈색 옷을 입고 있는 엄마를 처음 본 순간에는 그랬다. 혹시 나중에 나를 돌아보았는지는 모르겠다. 그 때는 내가 바닥만 내려다보고 있었으니까. 바닥도 거무스름한 옹이가 박히고 더러웠으며 틈새가 벌어진 갈색 나무 바닥이었다. 옹이 가운데 하나가 꼭 도마뱀처럼 보였던 게 아직도 기억난다.

내가 그 말을 했을 때 이모는 말했다.

"폴란드에는 도마뱀이 아주 많아. 여름에는 도마뱀들이 나와서 따뜻한 돌 위에 누워 있단다. 사람이 꼬리를 붙잡으면 꼬리가 그냥 떨어져 버리지."

그 말을 처음 들었을 때는 도마뱀이 안됐다고 생각했지만, 이모가 곧 도마뱀 꼬리는 금방 자란다고 말해 주었다. 참 편리할 것 같았다. 사람은 그렇지 않다. 누군가 다른 사람을 너무 꽉 움켜잡으면 시퍼렇게 멍이 들고, 피가 맺히고, 온몸이 아프게 된다. 하지만 안타깝게도 잘려 나간 팔 같은 게 다시 자라나는 일은 생기지 않는다. 나도 도마뱀이 되어 따뜻한 돌 위에 누워 햇빛을 쬐고 있으면 참 좋을 것 같다. 더구나 숲 속의 빈 터 같은 곳이라면 더할 나위 없이 좋으리라. 나무 그루터기도 땅에 떨어지는 낙엽들처럼 갈색이다. 그리고 언제나 조금 스산해 보이는 마른 덤불도 그렇다.

"내 운동화."

엘리자벳이 말했다.

"아니야."

도로테아의 목소리에 뭔가 신나고 어딘가 짓궂은 장난기가 섞여 있었다. 뭔가 아주 특별한 것이 있나 보다. 갈색은 정말 좋은 색이다. 엘리자벳은 절대로 맞히지 못할 것이다. 이 방을 쓰는 일곱 명 모두 갈색 운동화를 갖고 있으니까.

"네 운동화?"

"아니야."

도로테아가 킥킥대며 웃었다.

"넌 절대로 맞힐 수 없어."

"집시의 눈?"

"아니야, 내가 이겼다!"

도로테아가 침대에서 펄쩍 내려오더니 천장에 있는 작은 얼룩을 손으로 가리켰다.

"저기에 있는 파리 똥이야!"

"말도 안 돼! 그건 여기서 보면 검은색이야."

"하지만 분명히 갈색이야."

도로테아가 의기양양하게 큰 소리로 외쳤다.

"갈색, 갈색, 정말 갈색이라고. 점심때 갈색 콩을 먹으면 누는 갈색 똥 같은 그런 색이야."

그것은 내 옷장 속옷들 밑에 있는 초콜릿과 같은 갈색이었다. 그리고 예전에 샘 실버 엉클한테서 받은 초콜릿과도 같은 색이다.

'엉클'은 영어이고, 친척 아저씨라는 뜻이다. 물론 그가 내 친척은 아니지만 나는 엉클이라고 부른다. 로우 이모의 애인이니까. 어쨌든 나는 그렇게 믿고 있다. 엄두가 나지 않아서 구체적으로 어떤 관계인지는 아직 물어 보지 못했다. 나는 로우 이모가 결혼하고 싶어한다는 것을 잘 안다. 그리고 그것은 꼭 나 때문만은 아니다.

"에덴 동산이라도 혼자뿐이라면 즐겁지 않아."

이모가 늘 했던 말이다.

그렇게 혼자 있고 싶어하지 않는 마음을 나는 이해할 수 있다. 허클베리 핀도 윗슨 아줌마의 노예인 흑인 짐을 만나 함께 모험을 계속할 수 있게 되어 무척 기뻐했다. 어쩌면 미시시피 강가는 에덴 동산 같은 곳인지도 모른다. 그러나 로우 이모의 방같이 아주 좁은 곳은 아닐 것이다. 로우 이모의 방은 원래 방에 딸려 있는 침대와 옷장을 제외하면 가구라고는 책상과 의자뿐이다. 그리고 소파가 하나 있다. 이모네 집에 가면 나는 언제나 그 위에서 잔다. 에덴 동산은 로우 이모의 방과는 전혀 다른 모습일 것이다.

로우 이모는 낮부터 밤까지 미군 구내 식당에서 일한다. 그래서 나를 돌볼 수 없다. 내 법적 후견인이—내가 알지도 못하는 사람으로, 어느 관청에서 일한다—이모의 두 번째 신청서도 기각했다. 첫 번째 때는 이모에게 확실한 직장이 없기 때문에 안 된다고 했고, 두 번째 때는 이모가 밤늦게까지 일하기 때문에 나를 잘 돌볼 수 없을 거라고 했다.

"그러니 어쩔 수 없구나."

이모는 눈물을 조금 내비치며 내게 말했다.

"네가 어디에서 살아야 하는지를 결정할 수 있는 건 그 사람이라고 법원에서 판결을 내렸거든. 하지만 내가 언젠가 남자를 만나 결혼하게 되면 다시 찾아갈 거야. 그 때는 그 사람도 더 할 말이 없을 테니까 나를 믿어 보렴."

그 날 이후부터 나는 이모에게 남자가 생기기를 빌고 있다. 그래서 샘 실버 엉클도 세심하게 살펴보았다. 군인이고 내 마음에도 썩 드는 사람이다. 하지만 아저씨에게 돈이 있는지, 그리고 결혼할 생각이 있는지에 대해서는 물론 잘 모른다. 로우 이모가 아저씨를 만난 건 겨우 서너 달 전이고, 그렇게 빨리 결혼을 결정한다는 게 쉬운 일은 아닌 것 같다.

내 생각에 엄마는 결혼을 한 번도 하지 않았던 것 같다. 어쨌든 내 생활기록부에는 아버지 이름을 적는 칸이 비어 있다. 빌어먹을! 나는 엄마를 생각하고 싶지 않다. 어떤 때는 며칠이나 몇 주일 동안 엄마가 한 번도 생각나지 않을 때도 있다. 그런데 어머니 쉼터를 위한 기금을 모금하러 다닌 이후부터 엄마가 자주 생각난다.

로우 이모. 로우 이모와 샘 실버 엉클……. 나는 나중에 실망하기 싫어서 기적은 바라지 않는다. 그럼에도 나는 샘 실버 엉클을 처음 알게 된 부활절 이후부터 아주 작고 미미한 가능성은 기대하고 있다. 아주 가끔만.

어떤 때는 이 곳에서 절대로 나갈 수 없을 거라는 생각이 들 때도 있다. 그냥 절대로 나가지 못할 것 같다. 그럴 때면 해가 가고 다시 새해가 와도 여전히 여기에 남아 있을 내 모습을 상상해 본다. 점점 더 나이가 들고 늙은이가 되어 결국은 이 방, 내 침대에서 오키드도 한 번 보지 못한 채 쓸쓸히 죽어 가는 모습을…….

10장.
빵이 있으면 나이프도 찾을 수 있다

숫자 세는 일에 정신을 집중할 수가 없다. 온통 뒤죽박죽이다. 비가 내려 기분을 잡치기는 했지만 주말이 전혀 지루하지 않다. 오히려 그 반대이다. 불행한 일은 하나만 일어나는 게 아닌 것처럼 행복도 그런 것 같다.

"빵이 있으면 나이프도 찾을 수 있다."

로우 이모는 말했다.

하지만 순서가 맞아야 된다. 나에게는 오래된 버릇이 하나 있다. 침대에 누워 눈을 감고는 아름다운 것을 생각하며 마음속으로 그것을 한 번 더 경험해 보는 것이다. 사물 하나하나가 어떤 모습이었는지, 무슨 일이 일어났었는지 차례대로 떠올려 본다. 단어든 몸짓이든 색깔이든……

그렇게 하면 아름다운 것이 쉽게 잊혀지지 않을뿐더러 여러 번 다시 경험할 수 있다. 하지만 아무리 아름다운 것이라도 익숙해지게 마련이라서 자꾸 하면 약간 지루해진다.

침대에 누운 채 한밤중에는 마치 짙은 회색 먹구름처럼 보이는 천장을 올려다보다가, 눈을 감고 모든 것을 하나씩 차례대로 머릿속에 떠올려 본다.

몇 시간 전까지만 해도 토요일 저녁이었다. 엘리자벳과 도로테아는 이미 잠들어 있고, 유타와 주잔네는 방에 없고, 로제마리는 새로운 친구 듀로에게 갔다. 드디어 레나테가 울기 시작했다. 나는 애써 다른 생각을 하려고 노력했다. 예를 들면 오키드 같은 것을 생각해 보고 싶었다. 그런데 갑자기 초콜릿이 생각났다. 원래는 오후에 레나테의 베개 밑에 넣어 줄 생각이었지만, 너무 아깝다는 생각이 들어서 그러지 않았다. 지금은 레나테에게 주지 않은 게 오히려 후회된다. 마치 약속을 깨 버린 기분이다. 물론 레나테와 약속한 건 아니었지만.

자리에서 일어나 옷장에서 초콜릿을 꺼내 레나테의 침대 모퉁이에 가서 앉았다. 달빛이 환해서 그 애의 갈색 머리카락이 훤히 보였다. 저녁때 하늘을 유심히 보니 달이 거의 꽉 차 있었고, 구름 한 점 없었으며, 비도 그쳐 있었다.

레나테는 누군가가 자기 옆에 앉은 것은 알았지만, 그 사람이 나라는 건 알지 못했다. 그 애는 고개도 돌리지 않고 팔꿈치로 나를 밀쳐 냈다. 그러면서 뭔지 알아들을 수 없는 말을 계속 중얼거렸다. 하지만 나도 고집이 센 편이다. 어떻게 해서든지 그 애에게 초콜릿을 먹일 작정이었다. 그 애는 반드시 먹어야 한다! 모처럼 내가 착한 일 좀 하겠다는데 막는다는 건 말도 안 된다.

특별히 조심할 이유는 없었지만 조심스럽게 초콜릿 포장지를 뜯었다. 엘리자벳과 도로테아는 깊이 잠들어 있었다. 초콜릿 한 조각을 떼어 레나테의 입 속에 넣어 주려고 했다. 그 애가 오른팔을 조금 높이 들어 나를 밀치려고 했지만, 나는 그 애의 머리와 팔 사이를 비집고 손으로 힘껏 눌렀다. 그 애가 손으로 얼굴을 가리고 있어서 입을 찾기가 어려웠다. 더욱이 눈물과 콧물로 범벅이 되어 미끄러웠기 때문에 더 어려웠다. 결국 입을 찾아 그 속으로 초콜릿을 밀어넣었다. 하지만 혹시 거기가 입이 아닐지도 모른다는 생각에 손가락을 안으로 깊숙이 밀어넣지는 않았다.

레나테가 갑자기 울음을 뚝 그쳤다. 마치 가짜 젖꼭지를 입에 문 어린아이처럼. 전에 로우 이모네 가는 기차를 탔다가 그런 모습을 보았다. 아기를 안은 아주머니가 내 앞에 앉아 있었는데, 정말 너무 웃겼다. 아기가 가짜 젖꼭지만 물면 울음을 뚝 그쳤다.

방금 전의 레나테도 꼭 그랬다. 그 애는 얼굴을 돌리더니 자리에서 일어나 나를 쳐다보았다. 나는 애써 마음씨 좋은 웃음을 지어 보였다. 그리고 그 애가 놀라서 입 밖으로 반쯤 내밀고 있던 초콜릿을 다시 안으로 밀어넣어 주었다. 불빛은 없었지만 엉망진창으로 지저분해진 레나테의 얼굴이 또렷이 보였다. 내가 아주 민첩한 손놀림으로 초콜릿을 그 애 입 속에 넣어 주지는 못했다는 게 확연히 드러났다. 레나테가 내 동생이었다면 정말 귀여워했을 것 같다.

내가 먼저 일어나 레나테의 손을 잡고 세면실로 데리고 갔다. 세면실에서는 밤중에 불을 켜도 된다. 화장실에 가서 볼일을 본 사람이 손을 씻어야 하기 때문이다. 우어반 사감은 손 씻는 것을 무척 중요하게 여긴다. 내가 불을 켠 다음 레나테를 거울 앞으로 밀었다. 그 애가 한참 동안 거울 속을 바라보았다. 레나테의 얼굴과 내 얼굴이 나란히 보였다. 그 애 모습이 너무 이상해서 내가 먼저 웃음을 터뜨렸고, 그 애도 따라 웃었다. 초콜릿으로 엉망진창이 되어 버린 입 사이로 보이는 이가 무척 하얗게 보였다. 그 애는 세수를 했고, 나는 그 모습을 우두커니 지켜보았다.

그 때 퍼뜩 머릿속을 스치는 생각이 있었다.

"이리 와 봐. 가서 조용히 양말 신고, 잠옷 위에 재킷도 하나 걸치고 날 따라와. 보여 줄 게 있어."

내가 말했다.

우리는 각자 양말과 재킷을 챙겼고, 난 레나테의 침대맡에 남아 있는 초콜릿을 손에 들었다. 레나테는 아무것도 묻지 않고 복도를 따라 내 뒤를 쫓아왔다.

레나테는 내가 가방 창고 문 열쇠를 선반에서 꺼내는 것을 보고 눈이 동그래졌다. 그러나 그 애는 가방을 벽처럼 쌓아 올린 곳 너머 누더기 담요에 앉을 때까지 아무 말도 하지 않고 있다가 겨우 한마디 내뱉었다.

"멋있다!"

우리는 촛불을 켜고 누더기 담요 위에 앉아 서로의 얼굴을 빤히 바라보았다. 촛불이 가물거리면 사람 얼굴이 계속 변한다는 걸 그 동안 까마득하게 잊고 있었다.

나는 무슨 말을 해야 좋을지 몰랐다. 레나테도 마찬가지인 듯했다. 그래서 나는 초콜릿을 한 조각 떼어 그 애의 입 속에 넣어 주었다. 이번에는 그 애가 내 손에서 초콜릿을 빼앗아 역시 한 조각을 떼어 내 입 속에 넣어 주었다. 우리는 그렇게 오랫동안 앉아서 느긋하게 초콜릿만 빨아먹었다.

레나테가 불쑥 물었다.

"초콜릿은 어디서 났니?"

나는 갈색 치마에 흰 블라우스를 입고 있던 아주머니에 대해 말해 주었다.

레나테가 말했다.

"너, 돈 많이 모아 왔더라. 도로테아는 틀림없이 네가 상을 탈 거래. 엘리자벳은 엄청 화를 내면서 너를 헐뜯었어."

"내가 상을 받을 거라고는 생각하지 않아."

하지만 나는 내가 왜 상을 받을 수 없는지에 대해서는 말하지 않았다.

"내가 만약 갈색 치마에 흰 블라우스를 입은 그 아주머니였다면, 나도 엘리자벳보다는 너한테 주고 싶었을 거야."

나는 웃었다. 레나테도 따라 웃었다.

"전에 내가 있던 보육원에 어린애가 하나 있었는데……."

내가 말을 이었다.

"그 애도 자는 게 너랑 똑같았어. 이불자락을 얼굴에 대고 잤거든. 이름이 삐삐야. 난 그 애가 내 동생이었으면 좋겠다는 생각을 자주 했어."

"이상하다. 난 동생이 있었으면 좋겠다고 생각한 적은 한 번도 없는데. 늘 언니가 있었으면 하고 생각했지. 모든 것을 잘 알아서 도와주는 큰언니 같은 사람 말이야."

우리는 서로의 얼굴을 물끄러미 바라보았다. 우리 사이에 갑자기 긴장감이 감돌았다. 촛불이 흔들리고, 밖에서는 개 짖는 소리가 들렸다. 평소와 달리 소리가 높았고 반대 방향에서 들려왔다.

"전에 살던 집에 친구가 하나 있었어."

레나테가 천천히 말했다.

"우리는 서로의 우정을 증명하기 위해 최근에 겪은 일 가운데 가장 안 좋았던 일을 서로에게 말해 주었지. 스스로 생각해 봐도 창피한 그런 일 말이야."

나는 레나테를 똑바로 보았다. 나는 이제까지 누구에게도 안 좋은 일을 말한 적이 없었다. 로우 이모에게조차. 마음을 상하게 하고 싶지 않아서 이모에게는 더욱더 말할 수 없었다.

"정말로 그렇게 했어?"

내가 물었다.

레나테는 고개를 끄덕이고는 마지막으로 남은 초콜릿 조각을 내 입 속에 넣어 주었다. 포장지는 가지런히 접어서 재킷 주머니 속에 넣었다. 나는 그런 그 애가 마음에 들었다. 들키지 않으려면 조심해야 한다는 걸 그 애도 잘 알고 있는 모양이었다. 만약 가방 창고 안에 초콜릿 포장지가 떨어져 있는 걸 보면, 우어반 사감이 즉시 수상하게 여길 것이다.

"친구에게 부끄러운 걸 말하고 나면 그 친구에게 못되게 굴거나 배신할 수 없게 돼. 만약 그런 짓을 하면 상대방도 배신할 수 있을 테니까."

레나테가 말했다. 과연 그럴 것 같았다. 그래도 나는 마음이 영 찜찜했다. 나는 머뭇머뭇하며 자리에서 일어나 비밀 일기를 꺼내 왔다. 촛불이 벽돌이 있는 구석까지는 미치지 않았지만, 나는 어둠 속에서도 그것을 찾아낼 수 있었다. 사실 레나테에게 처음부터 비밀 장소를 죄다 알려 줄 필요는 없었다.

다시 그 애 옆에 앉아 비밀 일기를 펼쳐 놓고, 몇 주일 전에 적었던 것들을 읽어 주었다.

"소원은 아주 소중하게 다루어야 한다. 무조건 쟁취하려고 하면 전혀 엉뚱한 것이 되어 버릴 가능성이 많기 때문이다."

"무슨 말인지 이해가 안 돼. 왜 그런 말을 적어 놓은 거야?"
레나테가 정말 궁금해하는 표정으로 물었다.
"아팠어……. 난 자주 아파."
그러다가 난 얼른 말문을 닫았다. 누군가 나에 대해 아는 것이 싫어서 더 이상 말하고 싶지 않았다. 그런 이유 때문에 실제로 일어났던 일을 비밀 일기에 그대로 적지 않고 상징적인 말로만 적는다. 내가 써 놓은 문장을 읽으면 그 때의 상황이 다 기억나기 때문에 나는 이해할 수 있지만 다른 사람은 이해하지 못한다. 나는 결코 아무 이야기도 하지 않는다. 그런데 왜 하필 이제 와서 예외를 만들어야 한단 말인가? 레나테가 눈을 동그랗게 뜨고 나를 쳐다보았다. 얼굴이 평소보다 훨씬 더 어두워 보였다. 레나테와 삐삐는 닮은 점이 정말 없다. 나는 고개를 푹 숙였다.
내가 다시 말을 잇기 시작했다.
"난 아팠어. 그래서 양호실에 누워 있었고, 오전 내내 아무도 오지 않으리라는 걸 분명히 알고 있었지. 그 날은 월요일이었는데, 월요일에는 우어반 사감이 수업을 여섯 시간 하는 날이야. 난 무척 심심했어. 어쩌다 보니까 책도 갖고 오지 않았지. 양호실은 원래 썰렁해. 햇빛이 비치는 낮에도 마찬가지야. 침대 세 개는 비어 있었고, 내가 누워 있는 침대와 마찬가지로 흰색 천으로 덮여 있었어. 난 철제 침대의 흰색 천 위에 노란 얼룩이 진 것을 보면서 꼭 오줌 싼 것처럼 보인다고 생각하고 있었어. 아주 더러웠지. 그리고 내가 오줌을 쌀까 봐 내 엉덩이 밑에 고무 깔개를 깔아 놓았다는 걸 침대보 밑으로 느낄 수 있었어. 침대에 오줌을 안 싼 지 꽤 오래되었는데도 말이야.

난 무엇을 할까 하고 한참 궁리했어. 그러다가 좋은 생각이 하나 떠올랐지. 엘리자벳의 인형 생각이 난 거야. 그 인형을 갖고 한번 마음껏 놀고 싶었어. 난 그 때까지 한 번도 인형놀이를 해 본 기억이 없었거든. 이제는 그런 걸 갖고 놀기엔 나이가 너무 많지만 말이야. 그래도 꼭 한 번 갖고 놀고 싶었어.

그래서 살짝 방에 들어갔지. 다행히 복도에서 아무하고도 마주치지 않았어. 방은 텅 비어 있었고—다들 학교에 가 있으니까 당연했지—엘리자벳의 침대 위에 인형이 있었어. 난 인형을 손에 들고 찬찬히 뜯어보며 금발을 만졌지. 보기보다는 그렇게 부드럽지 않았어. 그 때 난 인형들이 왜 모두 금발인지 궁금했어. 클라우디아의 인형도 금발이잖아. 아주 긴 금발 곱슬머리지. 클라우디아는 인형 머리를 땋아 주기도 하고, 파란 리본으로 묶어 주기도 해. 금발에 파란 리본은 참 예뻐. 검은 머리에는 빨간 리본이 예쁘다고 하면서 로우 이모가 나한테 빨간 리본을 선물해 준 적이 있었는데 내가 금방 잃어버렸어. 지금은 상관 없는 일이지만.

아무튼 난 엘리자벳의 침대에 앉아 인형을 갖고 놀아 보려고 했어. 하지만 인형놀이를 어떻게 해야 하는지 알 수가 없었어. 인형이 무표정한 파란 두 눈을 뜨고 날 빤히 쳐다보았어.

'너도 엘리자벳처럼 눈이 못난이구나.' 하고 내가 인형에게 말했지. 인형은 아무 대꾸도 하지 않았어. 하지만 엘리자벳하고 놀 때는 그 인형이 언제나 앙칼진 목소리로 대답하곤 했거든. 그래서 난 눈이 밉다는 말을 또 했어. 그랬더니 인형이 갑자기 '네 눈이 예쁘지도 않고 파랗지도 않으니까 부러워서 그러는 거겠지.' 하고 대답했어. 그렇게 앙칼진 목소리를 내기란 절대로 쉬운 일이 아니야. 목이 기분 나쁘게 간질거렸지.

'파란 눈은 하나도 안 예뻐. 로우 이모는 거의 검은색에 가까운 짙은 눈이야. 그런데 우리 이모는 세상에서 제일 예뻐. 샘 실버 엉클도 그렇게 말했단 말이야.' 하고 나도 말했어.

그러자 인형이 엘리자벳처럼 거만한 표정을 지으면서 대꾸했어. '샘 실버 엉클은 그저 군인일 뿐이야. 너네 이모는 군인의 창녀이고.' 라고.

그 때 인형을 갖고 놀 방법이 드디어 떠올랐어. 무릎에 올려 놓고는 팬티를 벗기고 손이 아플 때까지 마구 때려 준 거야.

그리고 갑자기 엉엉 울어 버렸지. 잠시 후 나는 그 못난이 인형의 팬티를 다시 입혀 주고 치마를 내린 뒤, 조금 전과 똑같이 엘리자벳 침대에 앉혀 놓았어. 인형을 죽이지 않아서 다행이라는 생각을 하면서. 난 다시 양호실로 갔어. 내 자신이 무척 부끄러웠지. 그 때 인형들은 때려도 피가 맺히거나 시퍼런 멍이 들거나 울지도 않는 존재라는, 지극히 당연한 생각을 했던 것도 기억나."

나는 갑자기 말을 멈추었다. 이야기가 창피하다기보다는 너무 고리타분하게 들렸기 때문이다. 아직도 그 때 인형을 때린 생각만 하면 복통이 난다. 이제는 다른 사람한테 털어놓아서 달라질지도 모른다. 하지만 다른 사람이 알게 되었기 때문에 갑자기 다시 두려워졌다.

내가 왜 레나테에게 그 이야기를 했을까? 내가 왜? 그 애가 먼저 이야기를 꺼낼 수도 있었을 텐데. 게다가 레나테에게 내 비밀 장소까지 알려 주고 말았지 않은가.

"네 이야기는 오늘 듣고 싶지 않아. 지금은 자고 싶어."

내가 말하자 레나테가 바로 일어나더니 담요를 돌돌 말아 비스듬한 처마 밑에 깊숙이 밀어넣었다. 나는 촛불을 문가까지 들고 가 끄고는 기둥 뒤에 다시 숨겨 놓았다. 우리는 다른 사람에게 들키지 않고 우리 방까지 갔다.

다시 침대에 누웠다. 쉽게 잠이 오지 않았다. 레나테도 마찬가지인 것 같았다. 나는 숫자 세기도 시작할 수 없었다. 기분이 좋은지 아닌지 잘 알 수 없었다. 사실은 행복하다고 할 수도 있겠지만, 좀더 신중했다면 좋았을걸 하는 생각도 들었다. 내 자신을 너무 많이 내보이는 게 아니었는데.

삐삐에게 편지를 보내야겠다. 그 애에게 이제는 「오, 캉가세로」를 부르면서 치마를 높이 치켜올려 다른 사람들이 팬티를 보게 해서는 안 된다고 쓸 생각이다. 그 때 마우러 원장이 왜 그렇게 화를 냈는지 여전히 잘 이해할 순 없지만, 원장의 생각이 맞았던 것 같다. 삐삐에게 꼭 편지를 써야겠다. 그 애는 너무 어리고 잘 이해하지 못하니까 좀더 조심해야 한다는 걸 누군가가 가르쳐 주어야만 한다.

 그 때 레나테가 불쑥 내 침대맡에 나타나서 몸을 숙여 내게 뽀뽀했다. "잘 자." 하고 속삭이며…….

 나는 너무나 놀란 나머지 아무 말도 하지 못했다. 그리고 오늘 처음으로 펠리카놀 냄새를 맡지 않았다는 게 생각났다. 그냥 까맣게 잊어버리고 있었던 것이다.

11장.
암소의 털을 깎고, 숫양의 젖을 짰다

일요일에는 늦잠을 자도 되기 때문에 아침을 여덟 시에 먹는다. 나는 내 자리에 앉아 접시를 바라보았다. 레나테가 내 옆에 앉아 있었지만, 나는 그 애에게 아무 말도 하지 않았다.

왜 오늘 아침엔 갑자기 모든 것이 다르게 보이는지 이해할 수가 없었다. 아침에 잠에서 깨어날 때 뱃속이 아주 이상했고, 레나테를 똑바로 볼 수조차 없었다. 그 애가 나에게 같이 식당에 가겠느냐고 물었을 때에도 나는 아무 대답도 하지 않았다. 둘이서 같은 식탁에 앉아 있는 것도 감당하기 어려웠다. 아무말도 할 수 없었고, 줄곧 어젯밤에 모든 것이 잘못되었다는 생각만 들었다.

레나테도 아무 말 하지 않고 가끔 나를 힐끔 쳐다보기만 했다. 오늘은 또다른 날이라는 걸 그 애가 알아 주었으면 좋겠다. 어제는 이미 지나가 버렸다. 어제는 단 한 번만 있을 뿐이다. 그러니 잊어야 한다.

일요일에는 버터가 나온다. 사실 나는 일주일 내내 버터가 나오기를 기다린다. 한 사람 몫으로 나오는 버터의 양은 평일에 받는 마가린, 그것도 빵 두 조각을 발라 먹으려면 아주 아껴야 하는 마가린의 절반밖에 되지 않는다.

그렇지만 버터는 역시 버터다. 발음부터가 기분 좋게 들린다. 어쩌면 맛있는 버터빵을 생각나게 하는 발음 때문인지도 모른다. 아니면 어머니라는 말이 연상되는 단어이기 때문인지도 모른다(버터는 독일어로 '부터'(Butter)이고, 어머니는 '무터' (Mutter)이다 : 옮긴이). 아니다, 발음 때문은 아니다. 맛이 좋은 데다 아주 가끔씩만 받기 때문에 그럴 것이다. 단순히 그 이유뿐이다.

오늘은 배가 별로 고프지 않아 빵 한 조각에 버터를 몽땅 다 발랐다. 일요일에만 나오는 버터를 듀로에게 빼앗길 수는 없었다.

물끄러미 접시를 바라보았다. 머릿속이 온통 뒤죽박죽이었다. 아무 생각도 할 수 없었다. 레나테가 자꾸 나를 흘낏거렸지만 모른 체해 버렸다. 곤혹스러웠다. 모든 것이 곤혹스러웠다. 이런 일이 생기지 않게 조심해야 했는데 스스로도 참 한심한 암소 같다는 생각이 들었다. 모든 것을 잘못하고 말았다.

오늘 잠에서 깨어날 때에도 바로 그런 느낌이 들었다. 뭔가 아귀가 맞지 않는 듯한 느낌. 모든 것이 잘못된 듯한 느낌.
"암소의 털을 깎고, 숫양의 젖을 짰다."
로우 이모는 내가 한 일이 모두 잘못되어 낑낑대고 있을 때마다 그렇게 말했다. 로우 이모……

이모가 보내 준 편지는 다시 속옷 속에 넣었다. 레나테에게 10마르크에 대해 말하지 않은 게 얼마나 다행인가! 정신이 완전히 없지는 않았던 모양이다. 다만 좀더 신중하지 못했던 게 안타깝지만. 무턱대고 철석같이 믿어 버리는 바보처럼 굴었고, 항상 조심해야 한다는 걸 모르는 사람처럼 행동했다. 마음 속의 이야기를 들려주다니! 얼마나 정신 나간 짓이었던가! 도대체 내가 왜 그런 짓을 했을까? 레나테가 날 어떻게 생각하든 나와는 전혀 상관 없는 일이다. 그리고 그 애의 이야기 따위도 듣고 싶지 않다.

정말 한심하기 짝이 없는 하루였다. 아침을 먹은 뒤 혼자 올라가 책상에 앉았다. 로우 이모에게 보낼 편지를 써 보려고 했지만, 레나테만 방에 있는데도 도무지 써지지 않았다. 아니면 바로 그 애가 있어서 그랬는지도 모른다. 물론 레나테는 더 이상 나를 쳐다보지 않았다. 그 애도 내가 저를 피하는 것처럼 나를 피했다. 왜 아무 말도 하지 않는 걸까? 내게 무슨 일이냐고 물어야 되는 것 아닌가? 하지만 어차피 대답할 것도 없기 때문에 그렇게 물어 보지 않는 게 오히려 다행이었다.

이름도 레나테라니 참으로 멍청하기 짝이 없는 이름이다! 전혀 마음에 들지 않는다. 독일 학교로 처음 전학 왔을 때, 우리 반에 레나테라는 아이가 있었다. 아주 못됐고 짓궂었으며, 어쩌다 내가 한마디라도 잘못하면 언제나 가장 큰 소리로 웃던 아이였다. 왜 어젯밤에는 그 생각이 나지 않았을까?

나는 필기 도구를 다시 가방 속에 챙겨 넣었다. 편지의 서두만 몇 자 적은 공책을 특별히 감출 이유는 없었다. 첫인사만 씌어 있을 뿐이니까.

'사랑하는 로우 이모.'

아무나 읽어도 상관 없는 글이었다. 더구나 레나테는 몰래 내 가방에서 공책을 꺼내, 공책 중간쯤 되는 곳에 내가 뭐라고 적었는지 살펴보지는 않을 것이다. 그런 짓은 하지 않으리라는 걸 나는 확신한다. 그리고 사실 그 애는 못됐다거나 짓궂다고는 할 수 없는 아이다. 다만 모든 것이 난처할 뿐이었다. 나는 아무한테도 상관 없을 그런 이야기를 해 버리고 말았다. 인생에 대해 아무것도 모르는 철부지 아이들처럼 말이다.

나는 자리에서 벌떡 일어나 옷장에서 체육복을 꺼내 치마 밑에 입고 방을 나갔다. 그러면서 레나테 쪽으로는 눈길도 보내지 않았다. 하지만 곁눈질로 보니 그 애는 침대에 모로 누워 창 밖으로 하늘을 쳐다보고 있었다. 무슨 생각을 하고 있는 걸까? 그게 무척 궁금했다.

나는 운동장 쪽으로 내려갔다. 출레거 의사 선생님이 내게 운동을 하면 좀더 건강해질 수 있을 거라고 했다. 멀리서 "빨리, 얼른 던져." 하는 엘프리데의 외침이 들려왔다. 아이들이 공놀이를 하고 있었다. 하지만 숫자가 너무 많아서 몇몇 아이들은 체육복을 입은 채 운동장 구석에 앉아, 누군가 흥미를 잃고 그만두기를 기다리고 있었다. 그러니 내가 같이 공놀이를 할 수 있는 가능성은 희박했다. 나는 멀리뛰기를 하는 곳으로 가서 치마를 벗고 양말과 신발도 벗었다. 정강이뼈 부위에 있던 푸른 멍이 흐릿해지면서 노란빛을 띤 흔적만 남았다. 못된 듀로!

햇빛은 비쳐도 모래는 어제 내린 비로 촉촉했다. 발가락 사이로 모래가 솟아올랐다. 아무 느낌이 없었다. 도움닫기를 하고 펄쩍 뛰었다. 계속 반복했다. 이번에는 몇 번 뛰었는지 횟수도 세지 않았고, 얼마나 멀리 뛰었는지 보려고 막대기로 재 보지도 않았다. 그냥 매번 뛰고 난 다음 촉촉한 모래를 평평하게 하고 자꾸만 다시 뛰었다. 신기록에 도전하는 것도 아니면서. 그리고 힘껏 뛰어오를 때마다 큰 소리로 외쳤다.

"바보 멍청이!"

그것이 누구를 가리키는 것인지는 나 자신도 알 수 없었다. 아무래도 상관 없었다.

로우 이모……. 어제 이모에게 갔으면 정말 좋았을 것이다. 외출을 일주일이나 미루다니 얼마나 바보 같은 짓인가. 도대체 왜 그랬을까? 스스로를 벌주는 의미에서?

꼭 필요한 것을 얻으려고 하는 건 너무도 당연한 일이다. 그리고 내게는 로우 이모가 정말 필요하다. 이모를 너무 오랫동안 보지 않으면 나는 쓸데없는 생각만 한다. 그건 이미 어제의 일로 확실히 증명되었다.

허리가 아프고 숨쉬기가 거북하고 다리 근육에 쥐가 날 때까지 뛰고 또 뛰었다. 외침 소리도 어느새 작아졌고 화풀이를 하는 것처럼 들리지도 않았다. 끝없는 반복……. 통증을 없애려면 모든 것을 다시 반복해야 한다. 생각을 자꾸 하면 좋은 기억만 퇴색하는 게 아니라 안 좋은 기억도 퇴색한다. 잊어버리지 않고 꼭 기억해 둬야겠다. 오늘 저녁에는 그 말을 비밀 일기에 적어 놓아야지.

점심 시간에 생각지도 않았는데 더없이 좋은 기회가 찾아왔다. 그런 기회를 모른 체한다는 건 바보 같은 짓이다.

엘리자벳이 오늘의 식탁 당번이었다. 부엌에서 나온 그 애가 그릇을 담은 쟁반을 들고 자기 자리로 가면서 마침 내가 앉아 있는 곳을 거의 스칠 듯 지나갔다. 우리 식탁은 부엌문 바로 옆에 있어서 우리가 먼저 식사를 하고 있었다. 나는 엘리자벳이 다가오는 것을 보고 번개처럼 빠르게 왼발을 옆으로 뻗었다. 엘리자벳이 뒤뚱거리면서 바닥에 넘어졌고, 사기그릇이 요란한 소리를 내며 깨졌다. 나는 그 사이에 얼른 다시 발을 식탁 밑으로 끌어당기고, 다른 아이들처럼 깜짝 놀란 얼굴을 했다. 엘리자벳은 큰일이라도 난 듯이 큰 소리로 울었다. 그러나 다치지는 않았다. 그 애는 일어나서 바닥에 흩어진 그릇 조각들을 빤히 내려다보더니 다시 울었다. 이런, 그렇게 대단한 일도 아닌데!

아이들이 웃었다. 나도 같이 웃었다. 하지만 마음속으로만 그랬을 뿐 겉으로는 아무에게도 들키지 않게 했다. 멍청해 보이는 표정은 오랫동안 연습해 와서 잘 지을 수 있었다. 심지어 거울 앞에서도 연습했으니까.

갈색 바닥에 감자와 라이프치히 잡탕(콩, 당근, 아스파라거스, 브로콜리 같은 채소를 버터에 볶은 다음 밀가루와 생크림을 섞어 걸쭉하게 만든 음식 : 옮긴이)과 쇠고기가 소스와 함께 뒤엉켜 있었다. 그것을 보고서야 나는 왜 접시가 갈색이 아닌지 처음 알게 되었다. 흰색 접시에 놓아야 음식이 훨씬 맛있어 보이기 때문이다.

아무도, 심지어 엘리자벳조차 내 발을 보지 못했다. 그 애는 멍청하게 계속 서 있긴 했지만, 더는 울지 않았다. 그 아이와 같은 식탁에 앉아 있던 두 아이가 부엌에서 빗자루와 쓰레받기를 가져와 바닥에 있는 감자, 채소, 고기 조각 들을 쓸어 담았다. 우어반 사감이 꾸지람을 했고, 엘리자벳은 몸을 구부려 쟁반을 집어 들고 다시 부엌으로 갔다. 우어반 사감도 그 애 뒤를 따라갔다. 우어반 사감은 아직 나눠 주지 않은 그릇에서 음식을 조금씩 덜어 엘리자벳에게 먹을 것을 마련해 줄 것이다.

나는 다시 포크를 들었다. 쇠고기구이 맛이 아주 좋았다. 조금 전보다 훨씬 더 맛있었다. 평소에 별로 좋아하지 않는 라이프치히 잡탕도 그랬다. 듀로가 아무 말 없이 감자가 든 그릇을 내 쪽으로 밀었다. 일요일에는 몇 개 더 나오니까 선심을 쓰는 것 같았다.

방으로 올라가는데 누군가 갑자기 내 등 뒤에서 속삭였다.
"아주 잘했어."
나는 기겁을 하며 뒤를 돌아보았다. 로제마리와 듀로였다. 둘 중에 누가 그 말을 했는지는 알 수 없었다. 속삭이는 소리여서 누구 목소리였는지 구분이 잘 안 됐다.
"뭐가?"
내가 물었다. 두 사람은 내가 무슨 말을 하는지 도무지 이해하지 못하겠다는 표정을 지어 보였다.
듀로가 내게 짜증을 내며 말했다.
"빨리 올라가. 이 층계에서 잘 거니?"
두 사람 가운데 하나가 내가 발을 옆으로 뻗는 것을 본 듯싶었다. 상관 없다. 둘 다 입이 가볍지 않은 아이들이니까 고자질하지는 않을 것이다. 혹시 그런다 해도 난 상관 없다. 벌이야 얼마든지 받으면 되니까. 애들이 뭐라고 하든 난 끄떡도 하지 않을 거다.

로제마리는 방에 들어오지 않았다. 레나테는 다시 침대에 누워 있었지만, 이번에는 책을 읽고 있었다. 어떤 책인지는 볼 수 없었다. 엘리자벳은 못난이 인형에게 입힐 옷을 꿰매고 있었다. 도대체 그런 알록달록한 천을 어디에서 구한 걸까? 도로테아는 침대에 양반다리를 하고 앉아 비밀 상자를 들춰 보고 있었다. 손에는 호박 구슬을 쥔 채.

 내게도 한 번 보여 준 적이 있는 그 호박 구슬은 새알처럼 아주 컸다. 그리고 무엇보다도 색이 기가 막혔다! 매끄러운 표면 속에 미세한 기포와 작은 이물질이 있어서 마치 굳어 있는 꿀 같았다. 처음 보았을 때 손으로 만져 보고 싶었지만 도로테아는 비밀 상자에 얼른 도로 집어넣고 뚜껑을 닫은 뒤 잠가 버렸다. 감촉이 아주 매끄럽고 따스할 것 같았다.

 도로테아는 내가 호기심 어린 눈으로 바라보고 있는 걸 눈치채고는 보지 못하게 하려고 비밀 상자 뚜껑을 높이 세웠다. 여우 같은 계집애! 나는 그 애의 보물 상자에 어떤 것들이 들어 있는지 무척 궁금했다.

 갑자기 엘리자벳이 엉뚱한 말을 했다.

 "도로테아, 네 비밀 상자 조심해."

 도로테아가 고개를 들며 쳐다보았다.

 "왜? 이 비밀 상자가 내 거라는 것쯤은 누구나 다 알고 있을 텐데⋯⋯. 그리고 누구라도 이 상자에 손대기만 하면 죽여 버릴 거야."

 맞는 말이다. 모두들 도로테아의 비밀 상자를 알고 있다. 우리 방에 살고 있는 아이들뿐만 아니라 기숙사 아이들 전체가 다 안다. 그리고 죽인다는 말이 조금 과장되기는 했지만, 그 애는 충분히 그럴 수 있는 아이다. 그 애는 정말 별의별 짓을 다 할 수 있는 아이다.

"그냥 말해 본 거야."

엘리자벳이 말했다.

나는 엘리자벳을 등지고 앉아 있다가 몸을 돌렸다. 그 애는 자기 침대에 앉아 다시 실을 꿰면서 말을 이었다.

"죄수의 딸하고 같은 방을 쓰려면 물건들을 잘 챙겨야지."

고개를 바짝 들고 말하지는 않았지만 목소리에선 누군가에 대한 강한 증오심이 묻어났다.

"죄수의 딸이라니?"

도로테아가 깜짝 놀란 얼굴로 물었다.

나도 엘리자벳이 무슨 말을 하는지 이해할 수가 없었다. 그런데 갑자기 레나테가 울음을 터뜨렸다. 밤중에 아이들이 다 잠들고 나서 울 때처럼 낮은 소리였다. 나는 레나테 쪽으로 눈길을 돌렸다. 그 애는 얼굴을 팔에 묻고 엎드린 채 어깨를 들썩이고 있었다.

레나테를 두고 한 말 같았다. 그런데 엘리자벳이 어떻게 그런 걸 알아냈을까? 그리고 왜 느닷없이 레나테를 공격했을까? 가장 불쌍한 아이인데……. 엘리자벳은 일단 공격 대상을 정하면 절대로 순순히 물러나지 않는다. 괴롭히고 시비를 걸면 아무도 막을 수 없다. 그럴 때는 그냥 묵묵히 참으면서 아무렇지도 않은 척 행동해야 한다. 안 그러면 더 못되게 군다. 그 애는 나를 처음부터 못마땅해했다. 나 또한 그 애가 싫었다.

갑자기 분노가 치밀어올랐다. 모든 것이 싫었다. 방도 기숙사도 싫었고, 특히 엘리자벳에게 화가 났다. 그리고 이제까지 꾹 참아 오기만 했던 나 자신에게도 화가 났다. 그 애는 도대체 자신을 뭐라고 생각하고 있는 걸까? 단지 자기는 부모가 있고 가끔 소포를 받는다는 것 때문에? 나보다 반 뼘쯤 더 크다는 이유 때문에?

내가 갑자기 일어서는 바람에 잉크병이 엎어지고, 의자는 로제마리의 침대에 부딪히며 넘어졌다. 잉크가 책상 위를 흐르다가 바닥에 뚝뚝 떨어졌다. 하지만 상관하고 싶지 않았다. 나는 잠시 책상 앞에 멈춰 섰다가 순식간에 엘리자벳에게 달려가 어깨를 꽉 잡고 흔들었다.

"그만둬! 그 더러운 입 좀 다물란 말이야."

내가 소리쳤다.

엘리자벳이 눈을 커다랗게 뜨고 날 쳐다보았다. 하지만 그 애도 언제까지나 당황하고 있지만은 않았다. 바느질 도구들을 내팽개치고 침대에서 벌떡 일어나더니 나를 한 대 후려쳤다. 더욱 놀라운 일은 잠시 주춤하다가 나도 그 애를 때렸다는 사실이다.

우리는 한참 동안 서로 뒤엉켜 싸웠다. 그 동안 내가 엘리자벳을 그 정도로 증오하고 있었다는 사실을 나 자신도 미처 알지 못했다. 그 애가 주먹으로 내 얼굴을 정통으로 맞혔다. 나는 그 애 머리카락을 힘껏 잡아당겼다. 그 애는 힘이 셌고 나보다 더 억셌지만, 놀랍게도 나도 힘이 제법 셌다. 엘리자벳은 결코 나를 누르지 못했다. 일단 한 방 얻어맞고 나자 그 다음부터는 아프지도 않았다. 내가 그 애의 다리에 걸려 넘어졌고, 나도 그 애를 넘어뜨려 함께 바닥에서 뒹굴었다. 우리는 엎치락뒤치락하면서 싸웠고, 위로 뻗은 손이 누구 것인지 모르다가 머리를 한 대 맞으면 그제야 알아채곤 했다. 하지만 하나도 아프지 않았다. 나는 발로 차고 때리고 할퀴고 깨물었다.

누군가 비명을 질렀다. 눈앞이 캄캄했지만 분명 엘리자벳의 비명 소리였다. 내가 아니라 그 애가 비명을 지르다니! 나는 주먹을 꽉 움켜쥐고 계속 그 애를 쳤다. 뭔가 따뜻한 것이 얼굴에 흘렀지만 아랑곳하지 않았다. 그냥 계속 쳤다. 그 애가 나에게 했던 나쁜 말, 나에 대한 증오심, 나를 흘깃거리며 쳐다보던 눈빛을 생각하며 주먹을 마구 날렸다. 그 애의 얼굴을 마구 할퀴었다. 그 동안 그 애가 나에게 했던 모든 짓들에 대해 그렇게 앙갚음해 주고 싶었다.

그 때 누군가 나를 그 애한테서 떼어 놓았다. 우어반 사감이 도저히 믿을 수 없다는 듯 눈을 동그랗게 뜨고 우리를 바라보았다. 그제야 나는 뺨을 타고 흘러내리는 따뜻한 것을 손으로 만져 보았다. 손가락이 빨갰다. 하지만 엘리자벳의 꼴도 별수 없었다. 숨을 헉헉 몰아쉬고, 얼굴은 눈물 콧물로 온통 뒤범벅되어 있었다. 갈색 스웨터 소매에는 커다랗게 잉크 얼룩이 져 있었다. 나는 가쁘게 숨을 몰아쉬기는 했지만 울지는 않았다.
 사감이 양쪽 팔로 우리를 붙잡고 양호실로 끌고 갔다. 엘리자벳이 먼저 침대에 누우며 엉엉 소리내어 울었다. 나는 그 애에게 등을 돌린 채 짐짓 창 밖을 바라보고 있는 것처럼 창가에 서 있었다. 우어반 사감이 전화를 걸러 갔다.
 잠시 후 출레거 의사 선생님이 달려왔다. 먼저 엘리자벳이 치료를 받았다. 그 애의 오른쪽 눈이 점점 더 부어오르고 있었다. 의사 선생님은 조심스럽게 그 부위를 누르고 눈꺼풀을 아래로 내리면서 엘리자벳에게 눈알을 굴려 보라고 했다. 그러고는 무슨 말인가 중얼거리더니 할퀸 곳을 치료하기 시작했다. 먼저 소독을 하기 위해 상처에 요오드를 발랐다. 무척 화끈거릴 것 같았다. 엘리자벳은 얼굴을 찡그렸지만 신음 소리는 내지 않았다.
 의사 선생님이 가장 크게 난 상처 위에 반창고를 붙인 다음 말했다.
 "눈은 괜찮아질 거야. 하지만 시간이 한참 걸리지."
 그 다음 순서는 나였다. 왼쪽 관자놀이가 찢겨 있었다. 시간이 지날수록 통증이 점점 더 심했다.
 의사 선생님이 물었다.
 "넌 뭐에 이렇게 다쳤니? 저 애가 그런 것 같진 않은데……."
 의사 선생님은 내 상처도 요오드로 닦아 냈다. 예상했던 것보다 훨씬 더 아팠지만, 찍소리도 내지 않고 찡그리지도 않았다.

"책상 다리에 그런 것 같아요. 술 취한 뱃사람들처럼 바닥에서 치고받았거든요. 이 두 애들을 도대체 어떻게 해야 좋을지 정말 모르겠어요."

우어반 사감이 말했다.

"이런 일이야 흔히 있을 수 있지요. 그리 심각한 일은 아닙니다. 너무 걱정하지 마세요. 이 학생은 알레르기 반응이 가라앉으면, 한 시간 뒤에는 훨씬 나아 보일 겁니다. 그래도 상처를 꿰매야 하니까 병원에 데리고 가야겠는데요."

나는 여전히 숨을 가쁘게 몰아쉬었다. 머릿속이 텅 빈 것 같아서 아무 생각도 할 수 없었다.

의사 선생님이 의료 기구들을 커다랗고 까만 가방에 챙겨 넣으며 말했다.

"상대방이 때렸다고 똑같이 그러면 못써. 자, 이리 와서 서로 사과해라."

어른들은 늘 그런 식이다. 나는 바닥을 뚫어져라 내려다보았다.

"어서, 서로 악수해."

의사 선생님이 다시 말했다.

나는 내 손을 살펴보았다. 손목에 입은 상처가 눈에 띄었다. 오른쪽 가운뎃손가락 손톱도 찢겨 있었다. 엘리자벳과 악수하고 싶지 않았다, 절대로. 나는 손을 등 뒤로 감추었다. 엘리자벳도 꼼짝하지 않았다.

"그냥 두세요. 그렇게 빨리 화해할 것 같지는 않아요."

우어반 사감이 말리며 우리 쪽으로 몸을 돌렸다.

"한 번 더 이런 일이 생기면 가만 있지 않겠다! 그 때는 내가 정말 따끔한 맛을 보여 줄 거야! 그리고 너희에게 이번에 어떤 처벌을 내릴지는 찬찬히 생각해 봐야겠다."

엘리자벳은 출레거 의사 선생님과 내가 병원으로 가기 위해 함께 밖으로 나갈 때 곁눈으로 창 밖만 바라보며 아무 말도 하지 않았다.

12장.
가난한 아이를 친구로 두는 것이
부자를 적으로 두는 것보다 낫다

나는 병원 대기실 의자에 앉았다. 소독제와 약 냄새가 났다. 전에도 병원에 와 본 적이 있고, 이 병원도 이미 와 본 곳이다. 나는 작년에 성홍열을 앓았다.

간호사가 상처 주변에 있는 머리카락을 몇 올 잘라 낸 다음, 주사기에 주사약을 뽑아 주사 놓을 준비를 했다. 나는 겁먹은 표정을 짓지 않았다. 그리고 머리 속살에 주사를 맞는 것이 얼마나 지독하게 아픈지도 내색하지 않고 입술을 꼭 깨물었다.

"너 참 착하구나. 네 바늘은 꿰매야 할 것 같다. 조금 따끔할 거야."

의사 선생님이 칭찬했다. 몹시 따끔했다. 하지만 울지 않았다. 꿰맨 자리에 반창고를 붙이자 치료가 끝났다.

"내가 데려다 주마. 그리고 내일 오후 네 시에 오면 그 때 상처를 다시 보자."

나는 고개를 끄덕였다. 간호사가 손에 사탕을 쥐여 주었다.

"이거 먹어. 아이구, 불쌍해라."

간호사가 말하며 내 머리를 쓰다듬어 주었다.

"그런 말까지 해 줄 필요는 없어. 다른 애는 어떤 꼴인지 한번 봤어야 하는데 말이야."

의사 선생님이 말하고는 내 어깨를 팔로 감쌌다.

우리는 밖으로 나갔다. 차 안에서 의사 선생님이 물었다.

"누가 먼저 시작했지? 너냐, 그 애냐?"

"싸움은 내가 먼저 걸었어요. 하지만 그 전에 그 애가 먼저 나쁜 말을 했어요."

"그랬구나."

의사 선생님이 중얼거리더니 운전대를 잡고 있던 손으로 내 팔을 쓰다듬어 주고는 얼른 손을 거두었다.

"배는 요즘 어떠니? 배가 아프다고 한 지 꽤 오래됐는데."

"네, 정말 아픈 지 꽤 오래되었어요. 그런데 이상하게도 그 생각이 전혀 나지 않았어요."

"잘된 일이지."

의사 선생님이 웃었다.

"어쩌면 그렇게 한번 되받아친 게 너한테는 잘된 일인지도 모르겠다."

그런 다음 의사 선생님은 아무 말도 하지 않았다. 나도 말하고 싶은 생각이 없었다. 입을 움직일 때마다 꿰맨 상처가 아파 왔다.

기숙사 앞에 도착해서 차에서 내릴 때 의사 선생님이 한마디 했다.

"하지만 사람을 치는 게 버릇이 되면 안 된다, 알았지?"

나는 고개를 끄덕이고 기숙사 쪽으로 향했다.

우리는 함께 기숙사까지 걸었다. 나는 층계 밑에서 잠시 멈춰 섰다. 올라가고 싶지 않았다. 아니, 올라갈 수가 없었다. 생각 같아서는 층계를 올라갈 수 없게 그 자리에서 쓰러지고 싶었다. 정말 올라가고 싶지 않았고, 아무도 보고 싶지 않았다. 특히 우어반 사감과 엘리자벳은 더욱더 보고 싶지 않았다. 머리가 어지러웠다. 의사 선생님이 말했던 것보다 몸 상태가 훨씬 더 안 좋은 것 같았다.

의사 선생님이 나를 유심히 바라보더니 손을 내밀었다.

"이리 와, 내가 도와줄게."

정말로 나를 도와주고 싶었다면, 차라리 날 병원에 그냥 두는 게 더 나았을 거라는 생각이 들었다. 성홍열로 입원해 있었을 때, 나는 병원이 무척 좋았다. 주잔네도 그 곳에 있었다. 우리 둘만 우리 반 외지인들에게 전염되었다.

우어반 사감이 미리 나와 층계 위에서 우리를 기다리고 있었다. 방에서 차가 오는 것을 본 모양이었다. 사감은 흰 블라우스로 갈아입고 있었는데, 아직도 노여움이 가시지 않은 얼굴이었다.

의사 선생님이 내 손을 놓으며 말했다.

"다 끝났습니다. 할링카가 아주 잘 참아 주었어요. 내 환자들이 모두 저 애처럼 착했으면 참 좋겠습니다."

나를 위해서 한 말이지만 별 효과는 없었다. 우어반 사감이 내 팔을 붙잡고 말했다.

"오늘 밤은 양호실에서 자. 잠옷과 세면 도구는 이미 갖다 놓았으니까 굳이 방에 갈 필요 없어."

"아, 네. 자리에 누울 필요는 있겠죠. 하지만 굳이 양호실에 있을 필요까지는 없습니다. 그렇게 심한 건 아니에요."

출레거 의사 선생님이 말했다.

우어반 사감은 싸운 두 사람을 당분간 서로 격리시켜 놓는 게 좋겠다고 말했다. 우리는 복도로 향하는 유리문을 지나 마루방을 건너 사감을 뒤따라갔다. 사감이 양호실 문을 열었다.

"어서 침대에 누워라. 양호실 당번한테 일러서 음식을 갖다 주라고 하마. 그리고 이따가 내가 다시 와서 볼 거야."

그런 다음 사감은 자기 숙소의 문을 열었다.

"의사 선생님, 잠시 쉬었다 가세요. 새로운 약품 목록을 보여 드릴게요."

그 뒤로는 문이 닫혀 버려서 두 사람의 목소리를 더 들을 수 없었다.

양호실은 우어반 사감의 숙소 바로 옆에 붙어 있다. 그래서 별로 좋지 않다. 예를 들면 화장실에 가는 것만 허락받았을 때 얼마 동안 화장실에 있었는지까지 사감이 다 알 수 있기 때문이다. 하지만 몸이 정말 아플 때에는 장점도 있다. 밤중에 양호실 문과 사감의 숙소 문이 열려 있기 때문에 몸이 정말 안 좋으면 사감을 부를 수 있다. 내가 독감에 걸렸을 때, 한밤중에 사감이 건너와서 차를 갖다 준 적도 있다. 아플 때 사감은 언제나 친절하게 대해 준다. 진짜로 아플 때는 말이다.

창가에 있는 침대가 내 것이라는 걸 한눈에 알 수 있었다. 침대 이불 위에 내 잠옷이 놓여 있고, 베개에는 『허클베리 핀의 모험』이 놓여 있었다. 세면대 옆 수건걸이에도 내 수건이 걸려 있었다. 창가에 있는 침대가 가장 좋은 침대다. 내가 골랐어도 그 침대를 골랐을 것이다.

옷을 벗고 잠옷으로 갈아입었다. 옷장에서 새로 꺼낸 파란색 잠옷이었다. 갑자기 엄청난 피로가 몰려오고 온몸에 통증이 느껴졌다. 잠만, 오로지 잠만 자고 싶었다. 눈 앞에 회색과 빨간색 구름이 어른거리는 듯하고 속이 메스꺼웠다. 세상이 돌기 시작했다. 천천히 돌다가 점점 더 빨리 돌았다. 침대며 천장이며 사각 전등까지.

그 때 문이 덜커덕 열렸다. 나는 팔꿈치로 몸을 기대며 고개를 들었다. 갑자기 천장이 원래 있던 자리로 쑥 올라가고 전등도 제자리로 돌아가는 느낌이 들었다.

레나테였다. 그 애가 방을 가로질러 내 침대 옆까지 왔다. 무엇을 숨기고 있는 듯이 한 손은 스웨터 밑에 감추고 있었다.
"고마워."
그 애는 조금 멋쩍어하는 듯 보였다. 다시 모든 것이 확실하게 보이고, 더 이상 어지럽지 않았다. 아침에 일어났을 때 느꼈던 거북스러운 느낌도 사라졌다. 아무래도 오늘 나는 암소의 젖을 짜고, 숫양의 털을 깎은 건 아닐까?
나는 웃으려고 했다. 그러나 관자놀이가 입에서 많이 떨어져 있긴 해도 웃으려니까 아팠다.
"너네 엄마는 너를 뭐라고 부르시니? 레나테라고 하시니?"
레나테의 얼굴이 새빨개졌다.
"아니, 레나라고 해."
우리는 서로의 얼굴을 물끄러미 바라보았다. 그 때 그 애가 갑자기 스웨터 밑에 감추고 있던 손을 꺼내 내 이불 속으로 뭔가 집어넣었다.
"이따 저녁 먹고 다시 올게, 우어반 사감이 허락하면."
그렇게 말해 놓고 그 애는 얼굴이 홍당무가 되어 얼른 뒤돌아가더니, 문가에 잠시 멈춰 서서 말했다.
"도로테아랑 내가 잉크 지웠어. 이제 거의 보이지 않아."
그리고는 다시 휑하니 가 버렸다.
이불 귀퉁이를 들춰 보았다. 인형이었다. 10센티미터쯤 돼 보이는 아주 작은 인형이었다. 옷은 빨간색이고 가짜 머리카락은 검은색이었다. 이불 밑이라 어두웠지만 나는 그 머리카락이 수채 물감으로 검게 물들인 거라는 걸 금방 알아볼 수 있었다. 다시 벌렁 누워 이불을 머리끝까지 끌어올렸다.

이제까지 나는 한 번도 남을 때린 적이 없다. 덩치도 별로 안 크고 힘도 세지 않기 때문에 그런 짓은 할 수 없을 거라고 늘 생각해 왔다. 하지만 이제는 자신감마저 생겼다. 엘리자벳은 나보다 나이도 많고 더 크지만 날 휘어잡지 못했다. 나도 그 애를 휘어잡진 못했지만, 어차피 그건 아예 기대하지도 않았던 일이다.

로우 이모, 걱정할 필요 없어요. 앞으로 내가 싫어하는 아이들을 몽땅 흠씬 두들겨패 줄 생각은 없으니까요. 정말로요. 하지만 부득이한 경우에는 그렇게 할 수도 있다는 게 기뻐요. 명언은 반대로 해도 말이 돼야 하는 거예요. 로우 이모, 이렇게 얘기하면 어떨까요. "깨물 수 있으면 마음놓고 이빨을 드러내도 된다."라고요. 이제는 엘리자벳에게 더 이상 고분고분하게 굴지 않을 거예요. 그런 시절은 이미 지나갔어요.

나는 작은 인형을 손에 쥐고 쓰다듬었다. 인형은 면 팬티까지 입고 있었다. 이렇게 작은 팬티를 어떻게 만들었을까?

오늘 저녁, 비밀 일기에 쓸 말이 생각났다.

"남을 절대로 과소평가해서는 안 된다. 하물며 자기 자신에 대해서는 더욱 그렇다."

하지만 오늘 밤에는 일기를 쓰러 가방 창고로 갈 수 없다는 것이 뒤늦게 생각났다. 양호실을 나가 우어반 사감의 숙소를 지나쳐 갈 수는 없으니까. 안타깝지만 어쩔 수 없는 일이다.

피곤하다. 정말 너무 피곤하다.

로우 이모, 맨 처음 맞을 때가 충격 때문에 가장 많이 아파요. 하지만 일단 맞고 나면 통증에 단련이라도 된 듯 전혀 고통스럽지 않아요. 심지어 다른 생각까지 할 수 있게 되지요. 다만 맨 처음이 끔찍할 뿐이에요. 사실 그렇다는 건 진작부터 알았지만 그 동안 까맣게 잊고 있었어요. 이제야 다시 깨달았어요. 하지만 로우 이모, 모든 것이 다 지나고 나면 피곤해요. 정말 피곤해요…….

"얘, 눈 떠! 저녁 내내 잠만 잘래?"

깜짝 놀라 눈을 떴다. 잉에가 음식을 담은 쟁반을 들고 내 앞에 서 있었다. 나는 자리에서 일어나 앉았고, 그 애는 내 앞에 쟁반을 내려놓았다. 달걀찜과 감자 샐러드가 담겨 있었다.

"듀로가 달걀찜을 특별히 많이 줬어. 머리 아프니?"

잉에가 말했다.

"그럭저럭 괜찮아."

잉에가 찻잔을 침대 테이블에 올려놓는 동안 나는 작은 인형을 몰래 이불 속에 집어넣었다.

"상처에 반창고를 붙이고 있어서 유감이다. 꿰맨 것 좀 보고 싶었는데. 분명히 꿰맸겠지, 안 그래?"

"네 바늘."

"많이 아팠니?"

"괜찮았어."

나는 저녁밥이 담긴 쟁반을 침대 발치까지 밀어 놓고 일어섰다. 나도 꿰맨 자국을 보고 싶었다. 문 옆 세면대 위에 거울이 있었다. 오래되어서 윗부분 왼쪽 귀퉁이가 깨져 나간 거울이다. 그 아래 선반에 내 칫솔과 치약이 놓여 있었다. 나는 거울 앞에 서서 반창고 아랫부분을 조심스럽게 떼어 위로 들어 올렸다. 시커멓게 엉겨붙은 피와 네 바늘을 꿰맨 실밥이 길게 빨간 줄을 만들었다. 상처 주변의 살갗은 소독약 탓에 적갈색으로 변해 있었다.

잉에가 내 옆으로 와서 섰다.

"굉장하다! 너 굉장해 보인다. 나중에 흉터가 남겠는데."

그 애가 감탄하듯 말했다. 나는 고개를 끄덕였다.

"관자놀이에 있는 흉터는 별로 나쁘지 않아. 나중에 머리를 기르면 사람들 눈에 잘 띄지 않을 거야."

잉에는 그렇게 멋진 흉터를 감추려고 생각하는 내가 한심하다는 듯한 표정을 지었다. 그리고 문가로 다가가며 말했다.

"이제 내려가 봐야 해. 안 그러면 우어반 사감한테 혼날 거야. 이따 보자."

나는 반창고를 대충 붙이고 침대로 갔다. 밥을 먹으려고 포크를 집어 들다가 접시 가장자리 밑에서 사탕을 발견했다. 잉에가 놓아 둔 게 분명했다. 나중에 먹으려고 침대 테이블에 놓았다. 정말로 듀로가 달걀찜을 특별히 많이 주었다. 그렇지만 별로 배가 고프지 않아 간신히 접시를 비워 냈다.

쟁반에 접시와 포크를 내려놓고, 찻잔은 침대 테이블에 다시 놓았다. 사탕을 까서 입 속에 넣고 작은 인형을 무릎에 올려놓은 다음 『허클베리 핀의 모험』을 펼쳐 들었다.

허클베리 핀이 죽은 방울뱀을 흑인 짐의 담요에 놓는 장면을 읽고 있을 때 다시 문이 열렸다. 우어반 사감이 들어왔고, 그 뒤에 레나가 보였다.

"꿰맨 데 아직도 아프니? 진통제 갖다 줄까?"

우어반 사감이 물었다. 나는 고개를 가로저었다.

"아니, 그러실 필요 없어요."

"좋아. 난 이제 내 방으로 건너간다. 무슨 일이 있으면 노크해도 돼."

사감이 레나를 앞세웠다.

"레나테가 네 곁에 조금 있어 줄 거야. 그렇지만 네가 특별 대접 받을 만한 짓을 한 건 아니라는 걸 너도 잘 알고 있겠지, 할링카. 30분 이상은 안 돼, 알았지?"

우리는 둘 다 고개를 끄덕였고, 사감은 잘 자라고 인사를 하고 나갔다.

레나는 의자를 갖고 내 침대 곁으로 왔다. 양호실은 매우 밝았지만, 여기보다는 가방 창고가 훨씬 더 아늑할 것 같았다.

나는 작은 인형을 손에 들고 쓰다듬었다. 레나가 자기 엄마에 대해 이야기하기 시작했다. 그 애의 엄마는 정말 감옥에 있었다.

레나는 얘기를 하는 동안 치마 주머니에서 꺼낸 가느다란 하늘색 리본을 비비 꼬았다. 그리고 부끄러운지 내 쪽은 보지 않았다.

"이번이 처음은 아니야. 내가 일곱 살 때도 감옥에 가셨어. 그 때 나는 반 년 동안 지독히도 나쁜 보육원에서 지냈지. 그 곳에 있는 동안 내내 울기만 했어. 이번에는 더 안 좋아. 2년 3개월이나 선고받았거든."

"무슨 잘못을 하셨는데?"

레나는 어깨를 들썩했다.

"나도 정확한 건 잘 몰라. 경찰에 체포되었고, 사회복지사는 내게 엄마가 얼마나 오랫동안 그 안에 들어가 있어야 하는지만 말해 주었어. 아마 물건을 훔친 것 같아."

"도대체 뭘, 혹시 돈을?"

레나는 다시 어깨를 들썩했다.

"나도 몰라."

"물건만 훔쳤는데 2년 이상을 감옥에 있어?"

나는 놀란 기색을 보이지 않으려고 애썼다.

"이미 전과가 있었으니까……. 재범이 초범보다 처벌이 더 심하거든."

우리는 한참 동안 아무 말도 하지 않았다. 나는 할 말이 없었다. 무슨 말을 해도 위로가 되지 않는 때가 있다. 2년 3개월은 긴 세월이다. 너무도 긴 시간이다. 그래도 뭔가, 무슨 말이라도 해야만 할 것 같았다.

바로 그 때, 다 먹은 그릇을 가져가려고 잉에가 들어왔다.

"내일 아침밥도 갖다 줄까, 아니면 내일은 괜찮겠니?"

나는 어깨를 으쓱해 보였다.

"나도 몰라. 어차피 아프지도 않은데 뭐."

잉에가 문으로 가며 말했다.

"어쩌면 넌, 운 좋으면 내일 학교에 안 가도 되겠다. 잘 자."

다시 레나와 나만 남았다.

"넌?"

레나가 불쑥 물었다. 나는 긴장하며 되물었다.

"그게 무슨 말이야?"

그 애는 나를 보지 않았다. 그리고 끈을 반듯이 펴려는 듯 엄지와 집게손가락으로 하늘색 리본만 만지작거렸다. 리본은 이미 반듯하게 펴져 있었다. 곱고 윤이 났다.

레나가 물었다.

"넌 왜 여기에 와 있니?"

"엄마가 나를 학대했어."

내 말에 레나는 아무 말 없이 하늘색 리본을 손가락에 돌돌 말았다. 나는 숨을 길게 내쉬었고, 그 애는 다시 물었다.

"학대했다는 게 뭐야? 너한테 먹을 것을 안 주었니, 아니면 널 때렸어?"

"둘 다. 우리 엄마는 나를 동네 강아지만도 못하게 대했어."

레나가 놀란 얼굴로 나를 쳐다보았다.

"왜 그런 말을 해?"

"사실이니까."

"그러니까 네 말은 너네 엄마가 너를 눈곱만큼도 사랑해 주지 않았다는 거니?"

"응."

"전에는, 네가 아주 어렸을 때는? 그 때는 어땠는데?"

"아주 어렸을 때는 생각나지 않아. 조금 자란 다음에는 코발스키 아주머니와 함께 살았으니까. 그 아주머니가 어땠는지도 기억나지 않아. 깡그리 잊어버렸어. 너도 알다시피 난 이제 폴란드 말도 잘 못해. 로우 이모가 폴란드 말을 하면 종종 이해하지 못할 때가 있어. 로우 이모는 내가 독일어를 잘해서 참 좋긴 하지만 폴란드 말을 잊어버려서 안타깝다고 해. 난 뭐든지 잊어먹어. 원래 잘 잊어먹거든. 나도 어쩔 수 없어."

"너네 엄마가 너한테 잘해 준 적이 정말 한 번도 없었다고?"

레나가 못 믿겠다는 투로 물었다. 그걸 왜 자꾸만 물어 보는 걸까?

나는 화를 내며 대답했다.

"정말 그랬다니까. 아무한테도 잘 대해 주지 않았지. 내 생각에 엄마는 아무도 좋아하지 않는 것 같았어. 로우 이모까지도. 자기 친언니인데도 말이야. 이모한테는 특히 더 못되게 굴었어. 이제 더 말하고 싶지 않아."

"자신을 사랑하지 않으셨던 모양이구나."

레나가 리본을 손에 들고 말했다.

"이리 와 봐. 내가 머리에 리본 묶어 줄게."

"파란 리본은 금발에 잘 어울려. 검은 머리에는 빨간 게 더 나아."

내가 말했다.

갑자기 관자놀이가 지끈거리고 목이 아프고 눈이 콕콕 쑤셨다. 레나가 침대에 앉아 내 머리를 제 무릎에 올려놓고는 얼굴과 머리카락을 쓰다듬어 주었다. 나는 한참 동안 울었다.

나중에, 레나가 가고 난 다음 다시 가방 창고에 갈 수 있으면 비밀 일기에 꼭 적고 싶은 글귀가 생각났다.

"혼자가 아닐 때 우는 느낌은 전혀 다르다. 혼자 우는 건 끔찍하다."

내게도 이제 친구가 하나 생겼다. 힘도 세지 않고 별 도움도 안 되겠지만, 상관 없다. 대신 내가 강하면 되니까. 나는 이미 내가 좀더 강해질 수 있다는 걸 잘 알게 되었다.

"가난한 아이를 친구로 두는 것이 부자를 적으로 두는 것보다 낫다."

로우 이모라면 이렇게 말했을 것이다.

누워 있는 것이 조금 전보다 더 편하게 느껴졌다. 관자놀이가 쑤시고 눈이 퉁퉁 부었다. 나를 보는 사람이 아무도 없는 게 정말 다행이었다.

작은 인형은 이제 빨간 옷에 하늘색 띠를 두르고 있었고, 까만색 가짜 머리카락은 내 눈물방울로 옅은 얼룩이 져 있었다.

13장.
심하게 맞은 개는 지팡이를 쥐고 있는 손을 핥지 않는다

오늘 아침은 느긋하게 침대에 계속 누워 있을 수 있었다.

"너 아주 시원찮아 보이는구나."

우어반 사감이 아침 식사 시간 전에 나를 깨우려고 방 안을 들여다보며 말했다.

"오늘은 학교에 가지 않는 게 좋을 것 같다. 조금 더 자라. 하지만 점심때는 일어나야 해, 알았지?"

잉에가 아침을 갖다 주었다. 엘프리데나 로제마리가 아니고 그 애가 이번 주 양호실 당번인 게 천만다행이었다. 레나도 학교에 가기 전에 잠시 들러 삐삐가 보낸 편지를 건네주었다. 주잔네가 어제 저녁에 갖고 왔다고 했다.

삐삐는 편지에 보육원과 자기 방, 새로 사귄 친구 그리고 마우러 원장에 대해 죽 소식을 전했다. 모든 것이 정상이었다. 편지 끝에는 이렇게 쓰여 있었다.

'잘 있어. 언니를 사랑하는 지그리트가.'

삐삐가 이제는 지그리트가 되어 있었다. 이제 그 애 걱정은 그만 해도 될 것 같았다. 다음 번에 주잔네가 동생을 면회 가면 지그리트 앞으로 긴 편지를 보내야겠다.

나는 허클베리 핀, 짐과 더불어 양호실에서 아주 느긋한 아침 나절을 보냈다. 우리는 미시시피 강가를 한가롭게 거닐며 많은 이야기를 나눴다. 허클베리 핀은 언젠가 깊을 생각만 있다면 남의 물건을 가져오는 게 그렇게 나쁜 짓은 아니라는 말을 자기 아버지한테 들었는데, 더글러스 과부댁이 그런 짓은 훔치는 것과 마찬가지라고 했다고 말했다. 내 생각에도 더글러스 과부댁 말이 맞는 것 같았지만, 짐은 두 사람, 그러니까 허클베리 핀의 아버지와 더글러스 과부댁의 말이 조금씩 다 맞는 것 같다고 했다.

정말 아름다운 물놀이였다. 밤에 하늘의 별을 보았고, 강가에서 성 루이스 성당의 불빛을 보았다. 정말 아주 화려했다. 그러나 다음날 아침, 타고 있던 뗏목이 큰 배에 부딪혀 우리는 물 속에 빠지고 말았다. 허클베리 핀과 함께 그레인저포드 집으로 가면 무슨 일이 일어날지 이미 알고 있기에 나는 그 곳으로 가고 싶지 않았다. 그래서 물에서 나와서는 짐을 따라갔다. 우리는 갈대숲에서 좋은 자리를 발견했다. 햇볕에 몸을 말리고,

흑인과 노예 제도와 그 밖의 것들에 대해 많은 이야기를 나눴다. 그런 다음 나는 짐에게 『톰 아저씨의 오두막』 이야기를 해 주었다. 우리는 둘 다 조금 울었다.

곧 점심 시간을 알리는 종이 울려서 얼른 일어나야만 했다. 우어반 사감이 한 시 정각까지 오라고 했으니까. 나는 얼른 옷을 갈아입었다. 우리 방 앞을 지나면서 방문을 열어 보았다. 텅 비어 있는 걸 보니 모두들 내려간 모양이었다. 엘리자벳의 못난이 인형만 그 애의 침대에 앉아 있는데, 새로 만든 새빨간 옷을 입고 있었다. 나는 그것을 무표정하게 바라보았다. 비록 얼룩이 조금 지긴 했지만, 내게도 이젠 머리카락이 까만 인형이 있다. 복도와 층계에서조차 아무하고도 마주치지 않았다. 내가 가장 늦게 식당 안으로 들어갔다.

아이들이 고개를 들어 식탁을 찾아가는 나를 빤히 쳐다보았다. 레나는 나를 보며 환하게 웃었고, 잉에는 수프를 가득 담은 그릇을 쟁반에 받쳐서 내 자리에 갖다 주며 말했다.

"지금 막 음식을 갖다 주려고 했는데……. 이제는 출렁거리는 야채 수프를 갖고 층계를 올라가지 않아도 되겠구나."

듀로가 목을 길게 빼고 손으로 내 관자놀이를 가리키며 물었다.

"많이 아프니?"

나는 고개를 가로저었다.

"아니, 안 아파. 그렇게 많이 다치진 않았어."

나는 조심스럽게 엘리자벳 쪽으로 눈길을 돌렸다. 왼쪽 뺨과 이마엔 반창고 두 개가 붙어 있을 뿐이지만, 시퍼렇게 멍든 눈 언저리는 멀리서도 뚜렷하게 보였다.

"네 바늘이나 꿰맸다!"

잉에가 마치 자기 몸을 꿰매기라도 한 것처럼 으스대며 말했다.

"꿰맬 때 할링카가 찍소리도 안 내더라고 의사 선생님이 말했대."

레나가 덧붙여 말했다.

어디에서 그 말을 들은 걸까? 내가 물어 보기도 전에 레나는 계속 말을 이었다.

"우어반 사감한테서 들었어."

기숙사 전체에 소문이 쫙 퍼진 모양이었다. 다른 식탁에 앉아 있는 아이들이 자꾸 나를 쳐다보았다. 그 눈길들이 무엇을 뜻하는지 헤아리기 어려웠다. 나는 마치 오늘의 주인공이 된 듯한 기분이 들었다. 그게 진짜인지는 알 수 없지만. 레나가 내 옆에 앉아 있어서 퍽 다행이었다. 그 애와 같은 식탁에 앉아 밥을 먹는다는 게 정말 좋았다!

"어쨌든 그렇게 본때를 보여 주길 잘한 거야. 이젠 더 이상 널 괴롭히지 않겠지."

듀로는 그렇게 말하고 나서 수프에서 고기 한 점을 건져 먹었다.

"그런데 무엇 때문에 그랬니? 왜 그렇게 싸운 거야?"

아직 그 소문은 퍼지지 않은 모양이었다. 아이들이 그것만큼은 소문을 퍼뜨리지 않았다는 뜻이었다. 나는 레나 쪽을 살짝 훔쳐보았다. 그 애는 반듯하게 앉아 뭔가 말하려는 듯 입을 오물거리기는 했지만, 정작 아무 말도 하지 않았다. 레나는 잠시 잔기침을 한 뒤 말을 꺼냈다.

"우리 엄마가 감옥에 계셔. 그래서 내가 여기에 있는 거야. 엘리자벳이 그걸 가지고 나를 놀리려고 했고, 할링카가 내 편을 들어 주었어. 그래서 싸우게 된 거야."

나는 접시 위로 고개를 떨구었다. 차마 고개를 들 수 없었다. 레나는 왜 그 말을 한 걸까? 그런 말은 원래 하지 말아야 하는 것인데. 이제 같은 식탁에 앉아 있는 아이들, 그리고 늦어도 내일 아침이면 기숙사의 모든 아이들이 레나의 엄마가 감옥에 있다는 사실을 알게 될 것이다. 나쁜 말은 소문이 더 빨리 나는 법이고, 일단 입 밖으로 토해 놓고 나면 주워 담고 싶어도 그렇게 할 수 없다.

잉에가 감탄했다는 듯 휘파람 소리를 냈다. 왜, 엄마가 감옥에 있는 게 무슨 좋은 일이라도 된단 말인가?

"잘했어, 정말 잘했어. 이젠 혹시라도 다른 애들이 그 사실을 알게 될까 봐 두려워할 필요는 없게 됐잖아."

잉에가 말했다.

레나는 얼굴이 조금 빨개지고 고개를 숙일 뿐 아무 말도 하지 않았다. 나 역시 아무 말도 안 했다. 그런 이상한 논리가 다 있다니! 다른 사람들에게 망신당하지 않으려고 스스로를 망신시켜야 한단 말인가? 나는 잉에에 대해 다시 한 번 신중하게 생각해 보기로 했다. 정확히 언제가 될지는 모르지만, 아무튼 지금은 우어반 사감 생각만 해야 한다. 지난번에 사감에게 불려 갔을 때는 마음이 썩 편치 않았다.

"우어반 사감한테 불려 가면 어떻게 되지? 사감이 어떻게 하는데?"

레나가 층계를 올라가면서 물었다.

나는 속으로 생각하고 있는 것과는 달리 별것 아니라는 투로 어깨를 들썩했다.

"먼저 일장 훈계를 들은 다음 벌을 받는 거야. 별거 아냐, 걱정하지 마. 지난번에 불려 갔을 때도 맞진 않았어."

지난번의 일은 50페니히짜리 동전 때문이었다. 그 때 우어반 사감은 화가 단단히 나 있었다. 나는 그 일로 사주일 동안 일요일 외출을 금지당했고, 이주일 동안 조리실 당번을 했다. 물론 엘리자벳은 아무 처벌도 받지 않았다. 그 애는 나한테 돈을 도둑맞은 불쌍한 피해자였다. 우어반 사감은 엘리자벳이 동전에 표시를 해 둔 이유는 물어 보지도 않았다.

얼른 세면실로 가서 세수를 하고 젖은 손으로 머리를 매만졌다. 레나는 내 옆에서 나를 유심히 바라보다가 말했다.

"잘되기를 빌게."

물론 나를 위해 한 말이지만 별 효과는 없을 것 같았다. 옷장 구석에서 작은 인형을 꺼내 치마 주머니 속에 넣었다. 주머니는 크고 인형은 작아서 딱이었다. 2분 전 한 시여서 나는 서둘러 갔다.

우어반 사감의 숙소 문을 두드리자 사감이 곧바로 "들어와." 하고 소리쳤다.

사감이 거실 소파에 앉아 침실 문 옆 왼쪽에 있는 안락의자를 손으로 가리켰다. 그 문은 언제나 닫혀 있어서 아무도 그 안을 들여다보지 못한다.

오른쪽 안락의자에는 엘리자벳이 앉아 있었다. 반창고를 붙이지 않아 콧잔등의 상처가 뚜렷하게 드러나 있고, 눈 언저리는 멍이 들어 보라색과 심홍색과 자주색을 띠고 있었다. 마치 오키드 색 같았다. 큰 의자에 앉아 있는 그 애가 보통 때보다 더 작고 위축돼 보였다.

"자, 너희들이 왜 싸웠는지 말해 보겠니?"

내가 의자에 앉자마자 사감이 말을 꺼냈다.

나는 고개를 저었다. 엘리자벳도 마찬가지였다.

"그럴 줄 알았지. 물론 그럴 만한 이유가 있었겠지만, 그건 일단 접어 두기로 하자. 그렇다면 난 너희 둘 다 이번 불상사에 똑같은 책임이 있는 것으로 생각하겠다. 너희 둘이 화해할 수 있겠니?"

우리는 다시 고개를 가로저었다. 엘리자벳과 화해를 하라니 말도 안 되는 소리였다. 심하게 맞은 개는 지팡이를 쥐고 있는 손을 핥지 않는 법이다. 언젠가 기회가 닿으면 그 말도 비밀 일기에 적어 놓을 생각이다. 그리고 이런 구절도 덧붙여 적어 놓아야겠다.

"구타에는 사랑이 따르지 않는다."

그것은 맞는 말이다.

하마터면 웃음이 나올 뻔했다. 그래서 소파 옆 작은 탁자에 놓인 라디오를 눈을 부릅뜨고 바라보았다. 커다란 갈색 라디오였다. 앞쪽에 여러 도시 이름들이 죽 적혀 있는 곳에 누름단추가 하나씩 있었다. 그 위로 둥근 구멍이 뚫려 있고, 구멍에는 연한 갈색 바탕에 짙은 갈색 무늬가 있는 천이 팽팽하게 붙어 있었다. 로우 이모네 집에 있는 것과 똑같았다.

우어반 사감의 훈계는 한참 동안 이어졌다. 기숙사처럼 많은 사람들이 함께 살아가는 곳에서는 서로 잘 지내야 한다는 것이며, 나중에라도 마음에 안 든다고 해서 사람을 쳐서는 안 된다는 것 따위를 계속해서 이야기했다.

토요일에 로우 이모에게 가면, 이모는 내 얼굴에 반창고가 붙어 있는 걸 보고 깜짝 놀라 물을 것이다. 그럼 어떻게 대답을 한담? 차라리 반창고를 떼낼 수 있는 일주일 뒤로 미루는 게 좋지 않을까? 그러나 그것도 별 소용이 없을 것 같다. 의사 선생님이 흉터가 남을 거라고 했으니까.

"관자놀이는 괜찮을 거야. 머리를 조금만 기르면 사람들이 거의 알아채지 못할 거야."

그러나 머리카락이 그렇게 빨리 자라지는 않는다. 더구나 꿰매기 전에 간호사가 잘라 낸 머리카락이 자라려면 더 오래 걸릴 거다. 내가 어떻게 하고 가든 로우 이모는 물어 볼 것이다. 그냥 넘어졌다고 대답하는 게 나을지도 모른다. 그 때 가서 생각해 봐야겠다.

"올해가 가기 전까지는 계속 같은 방을 써야 해. 새로 방 배정을 할 때까지만이라도 서로 머리를 쥐어뜯지 않고 지낼 수 있겠지?"

우어반 사감이 말했다.

"쟤가 갈퀴 같은 손톱을 가만히 두기만 한다면요."

엘리자벳이 중얼거리며 파란 눈가에서부터 콧잔등까지 난 상처를 손끝으로 조심스럽게 만졌다.

우어반 사감이 웃었다. 하지만 유쾌한 웃음은 아니었다.

"남에게 책임을 덮어씌우는 짓은 그만둬라, 엘리자벳. 나도 알 건 다 알고 있으니까. 자, 어떻게 할래? 확실하게 말해 봐."

"저 애가 남 헐뜯는 말을 계속하지 않는다면요."

나는 작은 인형이 들어 있는 주머니 속으로 슬쩍 손을 넣으며 말했다.

"좋아, 너희 둘 다 지금부터 상대방을 괴롭히지 않는 거다. 서로 친구 사이로 지낼 필요까지는 없지만, 서로를 괴롭히지는 말아야 돼. 앞으로는 절대로 그런 일이 다시 일어나지 않을 거라고 약속할 수 있겠니?"

엘리자벳은 눈을 들지 않은 채 고개를 끄덕였다. 나도 고개만 끄덕였다.

"그리고 또 한 가지."

우어반 사감이 말을 이었다.

"처벌을 받아야지. 엘리자벳, 너는 내일부터 이주일 동안 설거지 당번을 맡아. 그리고 할링카, 너는 이주일 동안 조리실 당번이야. 브라이트코프 아주머니와 슈묵 아주머니한테 내가 오늘 얘기해 놓겠다. 처벌에 불만은 없겠지?"

"네."

우리는 함께 대답했다.

우어반 사감은 언제나 처벌에 불만이 없느냐고 묻는다. 마치 우리에게 선택권이 있기라도 한 것처럼. 어쨌든 나는 아직까지 처벌을 거부한 사람이 있었다는 말은 들어 본 적이 없다. 그렇게 하면 어떻게 되는지 한번 시험해 봐야겠다.

우리는 밖으로 나왔다. 곧바로 양호실 문을 열려고 하는데, 우어반 사감이 등 뒤에서 외쳤다.

"넌 이제 방으로 돌아가, 할링카. 환자 노릇은 이제 끝났어."

나는 곧장 이불을 반듯하게 펴 놓고 내 물건들을 챙겼다. 물건이 별로 많지 않았다. 『허클베리 핀의 모험』, 칫솔, 치약, 잠옷 그리고 수건. 그런 다음 방으로 가서 팔꿈치로 손잡이를 밀었다.

엘리자벳이 방에 없는 게 먼저 눈에 띄었다. 도로테아는 침대에 누워 있었다.

"그래서, 어떤 벌을 받았니?"

도로테아가 호기심 어린 얼굴로 물었다. 나는 대답 대신 어깨만 들썩해 보였다.

레나는 책상에 앉아 숙제를 하고 있다가 일어나 내 손을 잡고 "이리 와." 하고 말했다.

우리는 식당으로 내려가는 층계에 앉았다. 나는 그 애에게 우어반 사감을 찾아간 일을 말해 주었다. 처벌받은 내용을 말해 주자, 그 애는 깔깔거리며 웃었다.

"뭐가 그렇게 우습니?"

내가 화를 내며 말을 이었다.

"이주일 동안 조리실에서 일해야 한다구. 이주일 동안 월요일부터 금요일까지 하루 두 시간씩 조리실에 쪼그리고 앉아 감자 껍질이나 벗겨야 한단 말이야. 난 하나도 웃기지 않아."

레나가 내 목에 팔을 두르며 살짝 뽀뽀했다. 사람들이 다 볼 수 있는 층계 위에서. 그 애는 뽀뽀를 하고 싶으면 아무 때나 하는 아주 이상한 아이다. 이제는 나도 그런 것에 익숙해져야 할 것 같다. 싫다고 말하면 분위기가 더 어색해질 테니 그렇게 말할 수도 없잖은가.

레나가 말했다.

"설거지 당번보다는 낫잖아. 너한테 맞는 벌이야. 우어반 사감은 언제나 각자에게 맞는 벌을 준다니까. 주잔네한테 벌로 이주일 동안 수위실 당번을 시켰을 때부터 난 알아봤어. 너도 기억나지?"

물론 몇 주일 전에 일어난 일이기 때문에 아직도 기억하고 있다. 주잔네는 어느 날 오후 아무 말 없이 기숙사를 빠져 나갔다. 브라이트코프 씨에게 뭐라고 둘러댔는지는 모르지만, 어쨌든 그 애는 나갔다. 그런데 튤립 몇 송이를 꺾으려다가 주인한테 들켰다. 그런 일이야 흔히 있을 수 있는 일이었다. 사실 붙잡히지만 않는다면 꽃을 꺾는 건 그다지 나쁜 일이 아니다. 하지만 주잔네가 그 날 외출 허락을 받지 않고 나갔다는 게 잘못이었다. 그 후 그 애는 이주일 동안 두 시부터 일곱 시까지 수위실을 지키는 벌을 받았다.

수위실 당번은 걸려 오는 전화를 받고, 전화 받을 사람을 불러서 바꿔 주어야 한다. 전화가 많이 걸려 오는 건 물론 아니다. 하지만 밖으로 나가는 아이들의 명단을 작성해야 하고, 그 아이들이 언제 돌아왔는지도 적어야 한다. 그리고 외출이 허락되지 않는 날에는 우어반 사감에게서 받은 쪽지를 갖고 있는지 정확히 점검해야 한다. 아주 따분하기 짝이 없는 일이다. 설거지 당번이나 조리실 당번처럼 일은 많지 않지만, 수위실 당번 근무 시간은 다섯 시간이나 된다. 그리고 근무하는 동안에 숙제도 해야 한다. 일곱 시에 저녁을 먹어야 하고 그 이후에는 시간이 없기 때문이다. 다섯 시간은 무척 긴 시간이다. 그 시간에 다른 짓은 아무것도 할 수 없다. 방해받지 않고 앉아 있을 수 있는 시간이 보통 길어야 15분 정도밖에 안 되기 때문에 책도 읽을 수 없다. 수위실 당번을 서는 날은 하루를 허탕치는 셈이다.

레나가 말했다.

"사감이 주잔네한테 수위실 당번을 시킨 건 참 잘한 일이었어. 그리고 네가 조리실 당번을 맡은 것 역시 잘된 거야. 조리실에서 일하면 언제나 먹을 것이 생긴다고들 하잖아. 게다가 너는 빼빼 말랐고. 이제부터 넌 이주일 내내 잘 먹게 될 거야. 확실해."

맞는 말이다. 조리실 당번을 할 때의 유일한 장점은 먹을 것이 생긴다는 점이다. 슈묵 아주머니는 자기가 너무 뚱뚱한 나머지 기숙사 아이들 모두가 영양실조에 걸렸다고 생각한다. 하지만 조리실에서 일한다는 건 언제나 전체 기숙사생이 먹을 수 있을 만큼의 감자를 깎아야 한다는 것을 뜻한다. 나는 그 일이 가장 싫다.

갑자기 머릿속에 뭔가 떠올랐다. 층계를 몇 계단 뛰어올라가 벽시계를 보니 세 시 반이었다.

"왜 그래?"

레나가 물었다.

"네 시까지 출레거 의사 선생님한테 가야 해."

"나도 같이 갈게."

우어반 사감도 허락해 주었다.

"적어도 그 곳에 가는 동안 장난치면 안 돼, 할링카."

사감이 우리 둘에게 외출증을 끊어 주면서 말했다.

"그리고 할링카, 다른 블라우스로 갈아입어라. 그 옷에는 어제 생긴 핏자국이 그대로 있구나."

정말이었다. 나는 기숙사에서 받은 낡은 파란 블라우스로 갈아입고 그 위에 초록색 점퍼를 입었다. 그러고 나서 우리는 함께 밖으로 나갔다. 특별 외출이다! 더구나 친구와 함께 말이다. 기숙사에서 멀어져 아무도 우리를 볼 수 없게 되었을 때, 우리는 서로의 손을 꼭 잡았다.

14장.
닭은 언제나 수수 꿈을 꾼다

어머니 쉼터를 위한 기금 모금에 나섰던 아이들 열다섯 명이 모두 모였다. 열여섯 번째로 나타난 아이는 주잔네였다. 주잔네는 친구인 클라우디아와 1학년에 새로 전학 온 아이와 함께 왔다.

"7시 45분에 레만 부인이 오실 거다. 모두들 시간을 잘 지키도록."

우어반 사감이 저녁 식사 때 큰 소리로 말했다.

우리는 당연히 시간을 잘 지켰다. 아이들이 모두 시끄럽게 떠들어 댔다. 내 옆에 앉은 주잔네는 새로 전학 온 아이하고 누가 상을 탈 것인지 내기를 했다. 새로 온 아이는 클라우디아가 탈 것 같다고 했고, 주잔네는 내가 탈 거라고 했다. 둘은 지는 사람이 설거지 당번을 한 번 해 주기로 했다. 혹시 그 애들이 진실을 알고 있다면! 내가 통을 갖고 한 짓을 눈치챘을 것 같은 두려움이 다시 생겨났다. 어떻게 말해야 하지? 이렇게 많은 아이들 앞에서! 차라리 밖으로 나가 숨어 버리는 게 더 나을지도 모른다.

우어반 사감이 들어올 때도 나는 여전히 망설이고 있었다. 사감과 함께 어머니 쉼터 원장이 들어왔다. 몇몇 아이들이 킥킥거리며 웃었다. 어머니 쉼터의 원장이 다름아니라 사감의 절친한 친구인 '담자회색 세상에 맙소사'였기 때문이다. 우리는 그 친구분이 레만 부인이자 어머니 쉼터의 원장이라는 것을 모르고 있었다. 주잔네가 탁자 밑으로 나를 살짝 찼다. 내가 고개를 돌리자 주잔네가 나를 보며 눈을 찡긋했다. 나도 눈을 찡긋해 보였다.

'담자회색 세상에 맙소사'는 옷을 재단하는 작업대 위에 까만 가방을 내려놓았다.

"자, 애들아!"

레만 부인이 마치 노래를 부르듯 말을 꺼냈다.

"그 동안 너희들이 열심히 기금을 모아 줘서 어머니 쉼터의 이름으로 고맙다는 인사를 하고 싶구나."

"상은…… 누가 받나요?"

새로 전학 온 애가 물었다.

"세상에 맙소사, 그만 깜빡 잊어버릴 뻔했네."

레만 부인이 노래를 부르듯 다시 말했다. 아이들이 더 크게 킥킥거렸다. 하지만 우어반 사감이 화난 표정을 짓는 바람에 이내 조용해졌다.

'담자회색 세상에 맙소사'가 담자회색 치마 주머니 속에서 잘 접어 둔 종이를 꺼내 펼쳐 들었다.

"자, 기금을 제일 많이 모은 사람은 71마르크 67페니히를 모은 할링카란다. 할링카, 일어나렴."

여기저기서 아이들이 실망하는 소리가 났다. 주잔네와 다른 몇몇 아이들이 박수를 크게 쳤다.

믿어지지 않았다. 도저히 믿을 수 없었다. 10마르크나 되는 돈을 신문지에 싸서 기둥 뒤에 숨겨 놓았는데 어떻게 그럴 수 있는지 이해가 안 됐다. 내가 꿈을 꿨던 것일까? 아니, 꿈이라면 그렇게 복잡하게 꿀 수 없다. 잘 이어지지도 않는 철사 때문에 두려움에 떨 이유도 전혀 없었다.

주잔네가 내 다리를 다시 찼다. 이번에는 조금 더 셌다.

"못 들었어? 얼른 일어나."

그 애가 속삭였다.

레만 부인이 어느새 내 곁으로 와서 내 손을 꼭 잡았다. 나는 벌떡 일어났다.

"진심으로 축하해요."

부인이 웃는 얼굴로 말하며 내 손을 잡고 가볍게 흔들었다. 손이 아주 매끄럽고 부드러웠다. 마늘을 먹었는지 마늘 냄새가 났다. 갑자기 레만 부인이 무척 친숙하게 느껴졌다. 로우 이모도 마늘을 즐겨 먹는다.

"그런데 상품은 뭐예요?"

클라우디아가 물었다.

두 테이블쯤 건너 앉아 있던 엘리자벳이 벌떡 일어섰다. 화가 단단히 난 것을 누구나 알 수 있었고, 그 애도 딱히 기분을 감추려고 하지 않았다. 그 애는 아무 말도 하지 않고 레만 부인 곁을 지나 작업실 밖으로 나갔다. 문 닫히는 소리가 상당히 크게 났다. 레만 부인이 놀란 얼굴로 되돌아보았다.

"저 화내는 꼴 좀 봐, 바보 같으니라고."

주잔네가 모두 들을 수 있을 만큼 큰 소리로 말했다.

레만 부인은 계속 문 쪽을 바라보다가 무슨 말인가 하려고 했지만, 우어반 사감이 가까이 다가가 레만 부인의 팔을 잡자 아무 말도 하지 않았다.

우어반 사감이 큰 소리로 말했다.

"상품은…… 자동차를 타고 슈베칭엔 성 공원으로 멋진 소풍을 가는 거야. 소풍 가서 아이스크림도 먹고, 레스토랑에서 식사도 하게 된다."

자전거는 아니었다. 짐작대로였다. 최소한 책이라도 한 권 준다면 좋으련만. 아니면 24색 물감 세트를 주든가.

"날씨가 좋으면 다음 주 수요일에 간다."

우어반 사감이 말을 이으며 나를 보았다.

"날씨가 안 좋으면 소풍은 일주일 연기된다. 레만 씨가 수요일에만 자동차를 쓰지 않기 때문에 수요일에만 소풍을 가게 될 거야."

소풍이 싫은 건 절대로 아니다! 나는 로우 이모와 함께 소풍 가는 걸 무척 좋아한다. 우리는 음식을 조금 챙겨 넣고, 아무 전철이나 타고 종점까지 가서 들판을 돌아다녔다. 산에도 오르고 부서진 성곽 주변을 맴돌기도 했다.

하지만 어머니 쉼터 원장인 레만 부인과 함께 슈베칭엔 성 공원으로 놀러 간다고? 그게 그토록 대단한 일인가! 꼭 그런 데를 가고 싶다면, 음식과 아이스크림 사 줄 돈만 나한테 주고 혼자 가는 편이 더 낫지 않을까? 슈베칭엔 성 공원이 나랑 무슨 상관이람? 차라리 『허클베리 핀의 모험』 같은 책을 선물로 받으면 더 좋았을 텐데. 그것 말고도 갖고 싶은 물건은 얼마든지 많다. 아무튼 뭔가 손에 잡을 수 있는 것으로 말이다.

로우 이모라면 내게 이렇게 말했을 것 같다.

"닭은 무슨 꿈을 꾸나? 수수, 언제나 수수 꿈만을 꾸지."

내 수수는 슈베칭엔 성 공원이 아니었다.

레만 부인은 작업대로 다시 돌아가 까만 가방을 열고 커다란 갈색 종이 봉투를 꺼냈다.

레만 부인이 말했다.

"그리고 기금 모금에 참여했던 사람 모두에게 사탕을 나누어 주겠어요. 모두들 앞으로 나오세요."

"차례로!"

우어반 사감이 외쳤지만, 아무도 귀담아듣지 않았다. 모두들 레만 부인에게 다가가 부인을 에워쌌다. 나만 혼자 남았다.

주잔네가 사탕을 빨며 제자리로 돌아오면서 나를 보고 씩 웃었다. 레만 부인은 주잔네가 기금 모금에 참여하지 않은 걸 모르는 모양이었다. 우어반 사감도 그런 것 같았다. 아니면 굳이 말하고 싶지 않았는지도 모른다. "너무 맛있다!"고 웅얼거리며 사탕을 오른뺨으로 밀어넣은 주잔네는 마치 볼거리를 하고 있는 아이처럼 보였다.

"네가 나한테 행운을 가져다 주었어. 내가 내기에 이겨서 엘케가 나 대신 설거지 당번을 한 번 해 주게 됐으니까."

1학년에 새로 전학 온 아이의 이름이 엘케인가 보았다.

그 때 레만 부인이 내게 다가와 사탕 다섯 개를 손에 쥐여 주었다. 노란 포장지에 싸인 레몬 드롭스였다. 나는 그것을 치마 주머니 속에 집어넣었다.

아이들이 모두 시끄럽게 떠들어 대서 우어반 사감이 손뼉을 몇 번 크게 쳤다.

"자, 이제 너희들 방으로 돌아가서 잠잘 준비들 해라. 씻는 거 잊지 말고. 척 보면 다 알 수 있으니까."

나도 일어서려고 했지만 사감이 붙잡았다. 나는 다시 자리에 앉았고, 우어반 사감과 레만 부인도 자리에 앉았다.

우어반 사감의 목소리가 흥분으로 가늘게 떨렸다. 수요일에 출발하는데 종교 수업은 참석하지 않아도 되니까 4교시가 끝나자마자 출발한다고 했다. 사감은 자신도 함께 가며, 사감이 할 일은 자우어 선생님이 대신 맡아 주기로 했다는 말도 했다.
"난 그 날이 정말 기대된다." 하고 사감이 말했다.

나는 사감을 바라보았다. 사감이 언제나 기숙사에만 있었다는 사실이 처음으로 생각났다. 내가 오기 훨씬 전에 이 곳에 온 사감은 내가 떠나고 나도—언젠가, 언제일지는 모르지만—여전히 여기에 남아 있을 것이다. 사감은 절대 떠나지 않으리라, 절대로. 해마다 있던 아이들이 떠나고, 해마다 새로운 아이들이 오지만 사감은 언제나 이 곳에 있을 것이다. 그러다가 늙고, 점점 더 늙어 가다가 마침내 죽게 되리라. 자기 방에서, 아무도 없이……

"우어반 사감님, 혹시 오키드 보신 적 있어요?"

사감이 뜻밖이라는 표정으로 나를 바라보더니 머리를 가로저었다.

"아니, 아직 못 봤어. 책에서 봐서 알고 있기는 하지. 그런데 왜?"

"그냥요, 그게 생각나서요. 저도 한 번도 못 봤거든요. 하지만 꼭 한 번 보고 싶어요."

레만 부인이 말했다.

"난 오키드를 한 번 본 적이 있지. 꽃받침 아래쪽에 빨갛고 노란 얼룩이 있는 흰 오키드였는데, 꽃잎이 크고 묘한 모양에

크기도 제각각이었어. 아주 화려한 꽃이었지. 정말 오묘했어."

"저는 오키드가 자주색, 보라색, 심홍색만 있는 줄 알았어요. 어떻게 오묘한데요?"

내가 실망스러운 표정을 지으며 말했다.

"환상적이지. 독특하고……."

우어반 사감이 말했다.

"보라색 오키드도 물론 있어."

레만 부인이 마치 무엇인가를 사죄하려는 듯한 어투로 말했다. 레만 부인이 흰색 오키드를 본 게 잘못이라고 탓할 수는 없다. 그래도 부인은 못내 미안한 모양이었다.

레만 부인이 계속 말했다.

"분명히 보라색 오키드도 있다는 건 나도 알고 있어. 나는 흰색을 보았지만 말이야."

부인이 나를 근심 어린 눈초리로 유심히 살폈다. 내가 무슨 말을 듣고 싶어하는지를 어떻게든 알아내려는 듯한 주의 깊은 눈길이었다.

우어반 사감이 내 어깨에 팔을 두르며 말했다.

"왜 그러니, 할링카?"

"원장님께서 보셨다는 그 오키드 말이에요, 꽃송이가 얼마나 크던가요?"

레만 부인이 손을 오므려 인형 머리쯤 되는 크기를 가늠해 보였다. 내가 갖고 있는 인형이 아니라 엘리자벳이 갖고 있는 인형의 머리 정도 되는가 보았다.
  내가 물었다.
  "어땠는데요? 반짝거렸나요, 색이 진했나요, 부드러웠나요, 흐릿했나요?"
  레만 부인이 열심히 기억을 더듬었다.
  "내 기억으로는 부드러워 보였던 것 같아. 너도 그렇게 생각했니?"
  나는 고개를 끄덕였다. 그래 봤자 아무 소용 없는 짓이었다. 레만 부인은 어떻게 해서든지 내 기분을 맞춰 주려고 했다. 그러나 오키드를 직접 보지 않고는 어차피 아무 소용도 없는 일이었다.
  나는 남의 말을 곧이곧대로 믿지 않는 사람 가운데 하나다. 기껏해야 로우 이모 말만 믿을 뿐이다. 하지만 이번 경우에는 이모도 내가 오키드를 어떻게 상상했는지 미리 알아보고 나를 실망시키지 않기 위해 정확히 그 모양을 말하려고 했을 테니까 로우 이모 말도 믿지 않았을 것이다. 하지만 그렇다고 이모한테 화를 내진 않았을 것 같다. 어쨌든 난 믿을 수 없었다. 반쪽 진실도 완전한 거짓이라고 로우 이모도 늘 말했다.
  이상하게 기분이 우울하고 슬퍼졌다. 어서 침대로 가 이불 속에서 작은 인형을 만지고 싶었다.
  나는 의자에서 벌떡 일어섰다.
  "피곤해요. 자야겠어요."

우어반 사감이 물었다.
"아프니?"
나는 고개를 끄덕였다. 사감이 진통제를 주겠다고 했지만 거절했다. 통증은 있었지만 관자놀이의 상처 때문이 아니었다. 상처는 단지 당기는 느낌만 들 뿐이었다. 반쪽 진실은 완전한 거짓일 뿐이다. 내가 얼마나 실망했는지 눈치채게 해서 우어반 사감과 레만 부인의 유쾌한 기분을 망치고 싶지 않았다. 레만 부인은 다정다감했고 우어반 사감도 소풍 때문에 몹시 들떠 있었다.

레만 부인이 내게 손을 내밀었다.
"그럼 수요일에 보자. 날씨가 화창했으면 좋겠다."
"네, 정말요."
나는 악수를 하던 손을 얼른 빼냈다.
밤중에 다른 아이들이 모두 잠들고 난 뒤 레나와 나는 몰래 가방 창고로 갔다.
"어때? 소풍이 기대되니?"
레나가 자리에 앉으며 물었다.
"책이었다면 더 좋았을 거야. 하지만 어쩔 수 없지 뭐. '담자회색 세상에 맙소사'는 참 이상한 여자야. 내 생각에 그 여자는 그게 아주 좋은 상이라고 생각하는 것 같아. 그렇지만 내가 슈베칭엔 성 공원에 가서 뭘 하겠니?"
레나는 나를 빤히 쳐다보았다.

"난 널 이해하지 못하겠어. 나라면 기뻐했을 텐데."

"네가 내 상 받을래? 너한테 선물로 줄까?"

레나는 고개를 저었다.

"싫어, 그건 네 거야. 기분 좋게 생각해. 기숙사에 있는 것보단 소풍 가는 게 낫잖아, 안 그래? 더구나 아이스크림도 먹을 수 있고 말이야."

갑자기 기분이 나아졌다. 레나의 말이 맞았다. 레스토랑에 가서 식사도 하고 아이스크림도 먹을 수 있는 소풍을 시시하다고 할 순 없었다. 그리고 따지고 보면 나에게만 상관 있는 단 하나의 진짜 상품은 이미 갖고 있는 셈이니까.

레나가 갑자기 쓸쓸한 표정을 지었다. 촛불이 흔들거리며 그 애의 얼굴에 그림자를 드리웠다. 마치 내가 도와주기를 기다리는 것처럼 두려움에 떠는 모습이었다. 삐삐가 춤을 추다가 마우러 원장이 노여운 얼굴로 노려보자 나를 쳐다보았을 때와 같은 얼굴 표정이었다.

"뭐야? 무슨 일 있니?"

내가 묻자 레나가 고개를 푹 숙였다.

"내가 이야기할 차례잖아. 부끄러운 이야기 말이야."

"바보 같은 짓이야. 그런 건 아예 처음부터 시작하지 말아야 했는데. 그 생각은 네가 먼저 한 거니, 아니면 네 친구가 먼저 한 거니?"

레나는 고개를 들었다. 이제는 표정이 다시 괜찮아 보였다.

"친구가. 그래도 이젠 나도 내 이야기를 할 거야. 이야기를 들었으니까 당연히 해야지. 부끄러운 이야기였으니까 나도 부끄러운 이야기로 할래. 그렇게 해야만 우리 둘 가운데 아무도 나쁜 짓을 하지 않을 거라고 믿을 수 있을 테니까."

내 생각대로라면 굳이 그렇게 할 필요는 없지만 꼭 해야겠다는 걸 말릴 이유는 없었다.

"좋아. 하지만 이번이 마지막이고, 이제 더 이상 그런 짓 하지 않는 거야."

레나가 고개를 끄덕였다. 그리고 이야기를 하기 시작했다.

레나는 어느 날 길에서 동네 친구들과 함께 숨바꼭질을 하며 놀고 있었다. 그 때 경찰 차가 자기 집 앞에 멈춰 서는 것을 보고 더럭 겁이 났다. 잘 기억할 순 없지만 전에도 그런 적이 있으니 처음 있는 일은 아니었다. 레나는 몸이 얼어붙은 듯 꼼짝 않고 서서 경찰들이 차에서 내려 집 안으로 들어가는 모습을 가만히 지켜보기만 했다. 경찰 차 바로 옆에 있었지만 도무지 몸을 움직일 수가 없었다. 경찰들은 다시 집 밖으로 나와 레나의 어머니를 사이에 두고 나란히 걸어서 경찰 차로 향했다. 레나의 어머니는 레나를 보았지만 레나는 그 눈길을 피했다. 어머니에게도 가지 않고 작별 인사도 하지 않은 채 돌아서서 도망을 쳤다. 그 뒤 사회복지사가 찾아와 레나는 이 곳으로 오게 되었다.

"부끄러웠어. 내가 그 사람의 딸이라는 걸 경찰들이 알아챌까 봐 도망쳤거든. 지금 생각하면 마음이 아파. 그 때 엄마한테 갔어야 했는데. 사랑한다고 엄마한테 말했어야 했는데. 그 생각만 하면 눈물이 나."

나는 무슨 말을 해야 될지 몰라 막막했다. 이해할 수 있을 것 같기도 하고, 이해할 수 없을 것 같기도 했다. 만약 우리 엄마가 경찰에 체포되어 갔다면 나는 부끄러워하기는커녕 기뻐했을 것이다. 차라리 로우 이모가 경찰에 붙잡혀 가는 모습을 상상하면 레나와 비슷한 느낌이 들지도 모른다. 그러나 그런 일은 절대 일어나지 않을 거다. 적어도 내 생각엔 그렇다. 하지만 누가 앞날을 장담할 수 있을까?

레나는 울었다. 나도 그 애가 내게 그랬던 것처럼 내 무릎에 그 애의 머리를 놓아 주어야 했겠지만, 나는 그렇게 하지 못했다. 그리고 그 애처럼 쉽게 뽀뽀를 해 줄 수도 없었다. 생각만 해도 몸이 빳빳하게 굳었다. 나는 작은 인형을 어루만졌다.

"그 날 이후 엄마를 본 적 있니?"

"아니."

레나는 고개를 가로저었다.

"엄마한테 편지는 써 봤어?"

레나는 다시 고개를 내저었다.

"뭐라고 써야 할지 모르겠어. 너무 부끄러워."

나는 로우 이모를 생각하며 말했다.

"너네 엄마가 너를 정말로 사랑한다면…… 네 입장을 잘 설명하면 충분히 이해하실 거야."

레나가 눈물을 닦았다.

"정말 그렇게 생각하니?"

"응, 그렇게 생각해."

나는 힘주어 말했다. 실제로는 그렇게 확신하지 못했지만, 레나에게 솔직히 말해 줄 수는 없었다. 그래도 레나에게는 그 말이 위안이 되는 것 같았다. 때로는 진실을 말하지 않는 게 더 좋을 때가 있다.

우린 서로에게 해 줄 말이 생각나지 않았다. 나는 자리에서 일어나 비밀 일기를 감춰 둔 곳으로 가서 그것을 가져왔다. 마지막으로 적어 넣었던 곳에 몽당연필이 끼워져 있었다.

나는 레나에게 비밀 일기를 건넸다.

"여기. 너도 좀 적을래?"

레나가 비밀 일기를 무릎 위에 얹어 놓았다. 그리고 오랫동안 그것만 내려다보며 꼼짝도 하지 않았다.

"아무 말도 생각나지 않아."

그 애가 한참 만에 말했다.

나는 레나 옆에 앉아 그 애의 손에서 비밀 일기를 빼앗아 들었다. 나도 생각나는 말이 없었지만, 천천히 조심스럽게 적어 나갔다.

"반쪽 진실은 완전한 거짓이다. 하지만 그렇지 않을 수도 있다. 어쩌면 반쪽 진실은 그냥 반쪽 진실일 뿐일지도 모른다."

레나가 웃었다. 촛불은 이제 차갑게 보이지 않았다. 그래서 그 애의 얼굴이 더 예쁘고 유쾌해 보이기까지 했다. 레나가 내 손에서 비밀 일기를 가져가 적기 시작했다.

"그리고 친구가 있다면 반쪽 진실이든 온전한 진실이든 전혀 중요하지 않다."

15장.
한 사람이 암소의 뿔을 잡아 주면, 다른 사람은 젖을 짤 수 있다

슈묵 아주머니는 커다란 조리대 옆에 앉아 있었다. 아주머니 앞에 나무판 하나와 마른 빵이 수북하게 쌓여 있었다. 아주머니는 빵을 칼로 잘게 잘라 커다란 통에 담는 일을 했다. 그것은 곧 오늘 저녁이나 내일 점심때 '가난한 기사' 요리를 먹게 된다는 걸 뜻한다. 나는 '가난한 기사' 요리를 무척 좋아한다. 특히 아주머니가 설탕을 조금 더 넣으면 그야말로 꿀맛이다.

우리가 들어서자 아주머니가 고개를 들더니 놀란 표정을 지으며 말했다.

"왜 두 사람이 왔지? 우어반 사감은 할링카만 올 거라고 하던데."

"이렇게 해도 된다고 하셨어요."

레나가 얼른 말했다.

"우리가 한 시간씩만 일하면 된다고요. 두 사람이 함께 일하는 거니까요."

"정말이냐?"

아주머니가 믿기지 않는다는 표정으로 물었다.

"정말이에요. 한번 여쭤 보세요."

물론 레나는 슈묵 아주머니가 그까짓 일로 4층까지 힘겹게 올라가지 않으리라는 걸 잘 알고 있었다.

그런데 놀라운 건 레나가 정말 우어반 사감한테 허락을 받았다는 사실이다. 어차피 자기 때문에 일어난 일이니까 자기도 책임이 있고, 그래서 벌을 나누어 받고 싶다고 말했다는 것이다. 그러자 우어반 사감이 웃으며 물었다고 한다.

"설거지 당번인 엘리자벳은 별로 도와주고 싶지 않은 모양이지, 응?"

아주머니는 자신이 한낱 일꾼에 지나지 않으며 자기를 생각해 주는 사람도 하나 없고, 자기하고는 상의도 하지 않을 뿐만 아니라 소식도 제대로 전달해 주지 않는다며 투덜거렸다. 아주머니는 점점 더 낮은 소리로 계속 투덜거렸다. 결국 우리는 무슨 말을 하는 건지 도무지 알아들을 수 없었다.

도대체 왜 그렇게 화를 내는 걸까? 어차피 도움을 받는 건 마찬가지일 텐데. 두 사람이 한 시간씩 일해도 두 시간이 되는 건 똑같다. 그러니 아주머니에게는 상관 없는 일이었다.

우리는 가만히 서서 아주머니의 마음이 가라앉을 때까지 기다렸다. 이윽고 아주머니는 씻어 놓은 감자가 담겨 있는 커다란 통 두 개를 손으로 가리켰다.

"오늘 저녁에는 감자 수프를 할 거야. 어서 일을 시작해라."

아주머니가 레나를 보며 물었다.

"넌 이름이 뭐니? 아직 한 번도 여기에 안 왔던 것 같은데."

"레나테예요. 이 곳에 들어온 지도 얼마 안 됐어요."

레나가 말했다.

그러니까 내일이나 되어야 '가난한 기사' 요리를 먹을 수 있다. 애석했다. 레나는 껍질을 담을 그릇 하나와 작은 칼을 들고 감자통 앞에 있는 앉은뱅이 의자에 앉아 일을 시작했다. 그제야 나도 깎은 감자를 담을 커다란 통을 갖고 와서 그 안에 물을 채웠다. 감자가 공기에 닿으면 쉽게 갈색으로 변색되어 보기 싫게 되기 때문이다.

햇감자는 아닌 것 같았다. 지난 가을에 캐 낸 거라 군데군데 검은 곳이 있고, 잘 파 낼 수 없을 정도로 작은 눈이 많았다. 햇감자는 9월이나 10월에 나온다. 묵은 감자는 물렁거리고 주름도 많다. 또 하얀 싹도 많이 돋아나 있어 일일이 잘라 줘야 하기 때문에 깎기가 쉽지 않다. 그에 비하면 햇감자 깎는 일은 장난이나 마찬가지다.

나도 그릇 하나와 칼을 들고 레나의 맞은편에 앉았다.

아주머니는 가까스로 진정된 듯했다.

"그런데 왜 조리실 당번이 되었니, 할링카?"

아주머니가 호기심 어린 표정으로 물었다.

"그 반창고와 무슨 관련이 있는 것 아니니? 무슨 일이 있었는데?"

"아무것도 아니에요. 그냥 넘어진 것뿐이에요."

내가 얼른 말했다.

감자가 물컹거리지나 않으면 참 좋을 텐데. 나는 감자 껍질을 벗기는 일이 싫다. 아주머니도 그런 모양이다. 조리실에서 일할 때마다 다른 일은 하나도 안 시키고 감자 깎는 일만 시키니까 말이다.

"애들이 조리실 당번을 얼마나 자주 하나요?"

나와 비슷한 생각을 하고 있었던지 레나가 물었다.

아주머니가 빙그레 웃었다.

"거의 날마다 한 명은 와 있지. 어떤 때는 두세 명이 있을 때도 있고. 너희들도 그렇게 얌전한 여학생은 아닌가 보구나. 사고 치기 일쑤고, 그래서 여기 와 앉아 있으니 말이야."

그렇게 얌전한 여학생은 아니라니! 아주머니가 대체 뭘 안다고? 기숙사 안으로는 한 번도 올라오지 않는 사람이 말이다.

"어쨌든 좋으시잖아요. 손수 감자 껍질을 벗기지 않아도 되니까요."

내가 말했다.

아주머니는 그 말이 내 진심은 아닌데도 다시 화를 냈다. 하긴 진실이 조금 담겨 있는 말이기는 했다.

"너희들은 일은 너희가 하고 돈은 내가 받는다고 생각하는 모양이구나."

아주머니가 우리를 꾸중하듯 말했다.

"너희들이 나를 평소에 어떻게 부르는지 나도 잘 알고 있어. 조리실에 있는 멍청한 뚱땡이라고 부른다는 거 말이야. 너희가 나를 그렇게 생각하고 있다는 건 나도 잘 알고 있다고."

맞는 말이었지만, 나는 물론 그렇다고는 말하지 않았다. 레나가 나를 거칠게 밀어서 하마터면 손가락을 베일 뻔했기 때문만은 아니었다. 아주머니와의 관계를 악화시켜 보았자 아무 이득도 없기 때문이다. 더구나 이제 막 조리실 당번 벌을 받기 시작한 시점이라서 더욱 그랬다.

"아니에요. 우리는 절대로 그렇게 생각하지 않아요. 모두들 아주머니가 우리에게 무척 잘해 주신다고 말하는걸요."

레나가 말했다.

아주머니는 무슨 말인가를 잠시 중얼거리더니 빵 썰던 일을 그만두고 대뜸 말했다.

"너, 그 반창고 밑이 어떻게 생겼는지 좀 보자."

나는 곧바로 일어나 아주머니에게 가서 몸을 구부렸다. 상처가 어떤지 확인해 보려고 자주 떼어 냈던 덕분에 반창고가 잘 떼어졌다. 이번 주 금요일이면 실밥을 뽑게 된다.

아주머니는 꿰맨 자국을 유심히 들여다보았다.

"아이구, 딱하기도 하지."
아주머니는 손에서 칼을 내려놓으며 말했다.
"우선 따뜻한 우유부터 먹여야겠네."
그렇게 말한 다음 아주머니는 화덕으로 갔다.
"혹시 너희들 따뜻한 우유 싫어하니?"
아니, 세상에! 따뜻한 우유를 싫어하는 사람도 다 있나?
"무슨 말씀을요! 무지 좋아해요."
우리는 동시에 말했다.
우유가 데워지는 동안 아주머니는 조리실 한쪽 구석에 있는 커다란 까만색 시장바구니 속을 뒤적거렸다.
"오늘 내가 바나나를 샀거든. 저녁때 나 혼자 먹으려고. 너희들한테 나눠 줄게. 아주 맛있는 간식을 만들어 먹자."
아주머니는 바나나 다섯 개를 꺼내 식탁 위에 놓았다. 그것을 혼자만 먹을 생각이었다고? 아주머니가 그처럼 뚱뚱한 것도 당연했다. 벌써 입 속에 침이 가득 고였다. 바나나를 먹어 본 적은 별로 없지만, 어떤 맛인지는 잘 안다.
레나가 그것 보라는 듯 웃더니 속삭였다.
"거봐, 내가 이럴 거라고 했지?"
혼자서 일하는 것보다 둘이 있으니까 아주머니와 함께 일하기가 훨씬 더 수월했다. 다시 로우 이모의 명언이 생각났다.
"한 사람이 암소의 뿔을 잡아 주면, 다른 사람은 젖을 짤 수 있다."

그렇다고 내가 슈묵 아주머니를 소로 생각한다는 말은 아니다. 단지 말이 그렇다는 것뿐이지.

아주머니가 빵에 버터를 발랐다. 마가린이 아니라 버터를 바르는 것을 나는 분명히 보았다. 버터를 요양원에서처럼 두껍게 바르지는 않았지만 그렇다고 빵 위에 살짝 묻히듯 바르고 마는 것도 아니었다. 아주머니가 화덕에서 냄비를 들어 컵 세 개에 우유를 따랐다.

"자, 이리 와라, 비둘기들아."

비둘기 두 마리는 얼른 칼을 내려놓고 식탁으로 허겁지겁 달려갔다. 조리실 당번을 하면 대부분 빵 한 쪽 정도는 받지만 따뜻한 우유를 받는 경우는 아주 드물다. 더구나 바나나를 먹었다는 말은 아직 한 번도 들어 본 적이 없다.

정말 맛있는 간식이었다. 나는 빵을 가장자리부터 먹었다. 처음에는 겉껍질만 먹고 차츰 돌아가면서 먹었다. 그렇게 하면서 버터를 계속 가운데로 밀어넣었다. 마침내 버터가 듬뿍 얹힌 작은 빵조각이 남게 되었다. 그제야 나는 그것을 한꺼번에 입 속에 넣었다. 그러고는 씹지 않고 입 안에 버터가 가득할 때까지 혀로 천천히 눌러 주었다. 맛이 정말 황홀했다! 로우 이모 집에서 버터빵을 먹을 때에도 늘 그런 식으로 한다. 버터를 최대한 얇게 바른 기숙사 버터빵으로는 그럴 수 없기 때문에 물론 하지 않지만.

우리가 맛있게 먹고 있을 때 아주머니가 말했다.

"바나나는 미국 사람들이 가져왔으니까 그 사람들한테 고마워해야 해. 전쟁 전에는 바나나를 한 번도 보지 못했거든."

레나가 말했다.

"미국에는 없는 게 없어요. 바나나, 오렌지, 코코아 그리고 다른 것들도요. 뉴욕에는 고층 빌딩도 있대요. 50층이나 100층까지 있는 건물도 있다는 거예요."

그 말에 아주머니가 고개를 끄덕였다. 각자 바나나 하나씩을 먹자 두 개가 남았다. 아주머니가 그 중에 하나를 손에 집어 들었다. 그런데 곧 마음이 바뀌었는지 바나나 두 개를 우리 쪽으로 내밀었다.

"이거 먹어라. 나보다 너희들에게 더 필요한 것 같으니까."

나는 내 몫으로 받은 두 번째 바나나의 껍질을 벗겼다. 껍질이 노랬고 끝 쪽에 갈색 반점이 있었다. 속은 거의 흰색에 가까웠고 진한 향기가 났다. 다른 어떤 것하고도 비교할 수 없는 특별한 향기였다. 바나나만이 낼 수 있는 독특한 냄새 말이다. 나는 다시 한 번 숨을 깊이 들이마셨다. 어쩌면 그 냄새를 기억해 둘 수 있을 것도 같았다. 혹시 오늘 밤 침대에서 그 냄새를 한 번 더 떠올릴 수 있을지도 모른다.

"뉴욕에서는 해가 지지 않아요."

내가 말했다.

"왜 안 져?"

아주머니가 놀라며 물었다.

"지평선이 보이지 않기 때문이래요. 집들이 너무 많고 높아서 지평선을 볼 수가 없대요. 그러니 해가 지는 모습도 아주 이상할 거예요."

"넌 아는 것도 많구나."

레나가 물었다.

"어떻게 알았어? 아직 뉴욕에 가 본 적은 없잖아. 책에서 읽었니? 『허클베리 핀의 모험』에 그렇게 나와?"

나는 고개를 흔들었다.

"아니, 그런 건 아니야. 허클베리 핀은 미시시피 강가에 살았으니까. 난 폴란드에서만 살았어. 하지만 로우 이모는 그런 걸 잘 알아. 이모가 말해 준 거야."

"너네 이모는 미국에 갔었니?"

음식을 입에 가득 문 채 아주머니가 물었다.

"아니요."

나는 아주머니가 건네주는 두 번째 버터빵을 받고 바나나를 한 입 더 베어 먹은 다음 빵을 먹었다.

"아니에요, 이모도 미국에 가 본 적 없어요. 하지만 그런 건 누구나 쉽게 생각할 수 있대요. 이모는 곰곰이 생각하기만 하면 뭐든지 다 상상할 수 있다고 했거든요."

바나나는 정말 맛이 좋았고 버터빵도 마찬가지였다. 될 수 있는 한 오래 먹기 위해 아주 천천히 씹었다. 그리고 앞으로는 조리실 당번에 대해 다시는 나쁘게 말하지 않으리라 마음먹었다. 특히 슈묵 아주머니에 대해서는 더더욱.

갑자기 레나가 물었다
"폴란드에서는 해가 질 때 어땠니?"

나는 한참 동안 기억을 더듬어야만 했다. 생각이 나지 않았다. 폴란드에서 해가 어떻게 졌는지 전혀 기억나지 않았다. 사실 나는 폴란드에 대해서 알고 있는 게 거의 없다.

"그냥 평범했어. 특별히 아름답지도 않았고, 뭐 특별히 나쁘지도 않았지. 폴란드에서는 모든 게 그저 그랬던 것 같아."

우리는 한동안 말없이 먹기만 했다. 그러자 아주머니가 말을 이었다.

"내가 자란 곳에서는 일몰이 장관이었지. 마치 온 세상에 불이라도 난 것처럼 하늘이 온통 빨갰어. 해가 바다 밑으로 가라앉을 때까지 그랬지."

레나가 물었다.
"바닷가에서 사셨어요?"

나도 물었다.
"그 곳에 야자수도 있고 백사장도 있었나요?"

아주머니가 큰 소리로 웃었다.

"무슨 그런 생각을 다 하니? 동프러시아에는 야자수 같은 게 없어. 흰 모래는 있지만 그것도 여름에만이지. 겨울에는 비가 많이 내려서 모래가 회갈색이 되거든. 물이 밀려왔다가 빠져 나가거나 파도가 철썩일 때 드러나는 회색 모래밭에 빨래

판처럼 홈이 파여 있지."

갑자기 아주머니 얼굴이 무척 쓸쓸해 보였다.

"그리고 우리가 살던 곳에는 야자수 대신 자작나무가 있었단다. 귀리와 금작화도……."

아주머니는 먹다 만 빵을 식탁에 내려놓았다.

"고향이 그렇게 멋졌나요? 가끔 고향이 그리우세요?"

레나가 물었다.

"너희가 그런 걸 어떻게 알겠니! 그러기엔 너희는 너무 어려. 너희가 향수병을 어떻게 알겠어!"

아주머니가 레나 쪽으로 몸을 돌렸다.

"넌 고향을 뭐라고 생각하니?"

"저기, 우리 엄마가 계신 곳이라고요."

레나가 대답했다.

"그럼 넌?"

아주머니가 나를 쳐다보았다.

"저는 고향이 없어요."

반쪽 진실이었지만 더는 할 말이 없었다. 로우 이모가 계신 곳이라고 말할 수도 있었다. 하지만 그랬다면 아주머니가 왜 하필 이모냐고, 어머니는 없냐고 물었을 것이다.

"저는 폴란드에서 태어났어요. 하지만 전 폴란드가 제 고향이라고는 생각하지 않아요."

조리실 안의 분위기가 완전히 달라졌다. 슬프고 우울했다.

눈에서 금방이라도 눈물이 쏟아질 것만 같았다. 아주머니도 울고 싶은 것처럼 보였다. 처음에는 오른쪽 손등으로 오른쪽 눈을 쓸어 내리더니 왼쪽 손등으로 왼쪽 눈마저 쓸어 내렸다.

그러다가 갑자기 아주머니가 진저리를 치더니 큰 소리로 말했다.

"다 쓸데없는 짓이야. 모두 쓸데없어. 고향은 머릿속에 갖고 있는 몇 장의 그림일 뿐이야. 물론 바다를 다시 한 번 보고 싶긴 하지만 향수병 같은 건 없어. 할 수만 있다면 바닷가에서 살고 싶지. 그렇지만 안 되는 일은 안 되는 거야. 레나테, 옛날을 그리워하는 것이 향수병이라고 한다면, 난 이렇게밖에 말할 수 없을 거야. 우리에게는 그 때를 그리워할 만한 것이 아무것도 없었다고. 아버지는 엄했고 어머니는 더 엄했지. 우리에게는 웃을 일이 없었어. 웃을 것도 먹을 것도 없었지. 아니, 난 향수병 따위는 없어. 머릿속에 그림 몇 장만 갖고 있을 뿐이지. 예를 들어 해 지는 모습이라든가 회색 하늘 밑의 자작나무라든가 바다와 사구 같은 것 말이야."

"사구가 뭔데요?"

레나가 물었다.

아주머니는 고개를 설레설레 저었다.

"너희들은 어떤 때는 아주 똑똑해 보이는데 어떤 때는 아무것도 모르는 것 같아. 사구는 해변에 있는 모래 언덕을 말하는 거야. 마치 모래가 파도처럼 넘실대는 것처럼 보이지."

아주머니가 자리에서 일어나 빈 컵을 개수대에 놓고 다시 칼을 잡았다. 우리도 다시 일을 시작했다. 이상한 분위기도 가셨고, 언제 그랬냐는 듯 갑자기 조리실 일이 척척 제대로 돌아갔다. 나는 감자 껍질을 벗겼다. 그래도 입에는 바나나 맛이 그대로 남아 있었다.

묵은 감자 껍질을 벗기는 일이 몹시 힘들었지만, 아주머니가 원하는 대로 될수록 껍질을 얇게 벗기며 일을 잘하려고 노력했다. 일이 끝나자 아주머니는 우리를 칭찬하면서 머리를 쓰다듬어 주었다.

"내일 다시 좋은 간식을 생각해 놓을게."

아주머니가 약속했다.

"내일은 오지 않아요. 날씨가 좋으면 조리실 당번은 하루 쉬고 대신 여행을 가거든요. 하지만 모레부터는 다시 날마다 나올 거예요."

내가 말했다.

층계를 올라갈 때 레나가 말했다.

"이상한 일이야. 사람들마다 기억하고 싶지 않은 과거가 있나 봐. 누구나 부끄러워하고 말하고 싶어하지 않는 부분이 있는 것 같아."

나는 고개만 끄덕였다. 별로 놀랄 만한 말은 아니었다. 이미 알고 있는 것이었다. 로우 이모도 어떤 질문을 받을 때면 씁쓸해하면서 대답을 회피하곤 한다. 그래서 나는 지난 과거에 대해 절대 묻지 않는다.

방에서는 아이들이 각자 자기 옷장을 정리하고 있었다. 침대와 의자에 옷가지들이 걸쳐져 있었다.

내가 물었다.

"무슨 일이야?"

주잔네가 겨울 부츠를 바닥에 내팽개치고는 화난 목소리로 말했다.

"옷장 검사래. 엘프리데가 방금 전에 종을 치고 다녔어. 오늘 저녁에 우어반 사감이 옷장 검사를 한대. 아마 누군가 사감을 몹시 화나게 했나 봐. 우리 모두 잘 치워야 해. 빨리 치워. 너희들 때문에 벌점 받고 싶진 않으니까."

엘리자벳은 인형 옷들을 가지런히 접고 있었다. 그 애는 우리가 들어올 때 쳐다보지도 않았다. 우리 둘 다 서로에게 아직 한마디도 하지 않았다. 어차피 전에도 거의 말을 하지 않았기 때문에 별로 특별한 일은 아니었다. 그런데 그 애는 다른 아이들하고도 말을 하지 않는 것 같았다. 왜 그럴까? 화가 나서? 아니면 창피해서?

도로테아는 보물 상자를 옷장 속에 집어넣기 전에 물 휴지로 깨끗이 닦았다.

로제마리는 칼라에 수가 놓인 예쁜 파란색 옷과 치마를 가지런히 접어 옷걸이에 걸었다. 그 애가 할 일이 가장 많았다. 그 애의 옷장 안은 언제나 토끼들이 휘젓고 다닌 것처럼 보인다. 처음에는 엘리자벳과 옷장을 같이 썼지만 도리스가 집으로 가는 바람에 옷장이 하나 비게 되자, 엘리자벳이 로제마리에게 혼자 쓰라고 했다. 엘리자벳은 그 애가 절대로 다른 사람과 옷장을 나누어 쓸 수 없는 아이라고 말했고, 그건 맞는 말이었다. 로제마리는 꽤 지저분한 아이다.

레나는 안 그렇다. 그 애의 옷들은 옷장 속에 언제나 차곡차곡 정리되어 있다.

레나가 내게 손짓하며 말했다.

"이리 와, 내가 도와줄게. 얼른 시작하자."

우리는 함께 일했다. 나는 속옷 사이에 숨겨 놓은 작은 인형을 꺼내서 베개 밑으로 넣었다. 레나와 나는 옷장 속에서 옷들을 꺼내 가지런히 개어서 다시 넣었다.

레나가 내 빨간 블라우스를 높이 들어올리며 말했다.

"이거 내가 이따가 빨아 줄게. 그럼 내일 소풍 갈 때 입고 갈 수 있을 거야."

나는 깜짝 놀라 레나를 쳐다보았다. 물론 그 애가 내 옷을 빨아 주겠다고 한 건 반가운 일이지만 좀 이상하게 들렸다.

"걱정하지 마. 나 그런 거 잘해. 집에서도 빨래는 자주 해 봤는걸."

옷장을 정리하면서 나는 줄곧 슈묵 아주머니와 슈베칭엔 성으로 떠나는 소풍과 폴란드를 생각했다. 그리고 아직 알지 못하는 바다와 내일 찾아갈 공원에 대해서도 생각했다. 날씨만 좋으면 가게 되겠지.
입 속에는 아직까지도 바나나 맛이 남아 있었다.

신은 오랫동안 기다렸다가
이자와 함께 대가를 치르게 한다

날씨가 여전히 좋았다. 그냥 좋았다기보다는 무척 좋았다. 태양은 빛났고 공기는 벌써 한여름이 다 된 것처럼 느껴졌다.

우리는 자동차를 탔다. 어머니 쉼터의 원장 레만 부인은 언제나처럼 담자색 옷을 입었고, 우어반 사감은 하늘색 블라우스와 짙은 청색 주름치마를 입고 있었다. 뒷자리에는 나와 레만 부인의 아들 볼피가 탔다. 그 애가 함께 간다는 사실을 사감과 함께 자동차를 기다리고 있다가 들었다.

"볼피도 같이 갈 거야. 그러니까 너 혼자 심심하지는 않을 거야."

볼피라니! 정말 괴상한 이름이다(볼피는 '아기 늑대'라는 뜻이다:옮긴이). 나는 하마터면 그 애한테 기저귀는 뗐느냐고 물어 볼 뻔했다. 기껏해야 열 살쯤 되어 보이는데 열한 살이라고 했다. 제발 입 좀 다물었으면 싶은데도 그 애는 끊임없이 떠들어 댔다.

"이 자동차 아주 새거야."

볼피가 으스대며 말했다. 나는 고개를 끄덕여 주었다. 우어반 사감한테 들어서 이미 알고 있었고, 게다가 누구나 척 보기만 해도 알 수 있었다. 차가 황회색으로 빛났다.

볼피는 내 이름이 뭔지, 몇 학년인지, 내게 친구가 있는지, 기숙사가 좋은지, 어떻게 해서 그렇게 많은 돈을 모금했는지 따위를 물었다. 나는 마지못해 짧게 대답해 주었다. 그러자 그 애는 얼굴에 왜 큰 반창고를 붙이고 있느냐고 물었고, 나는 상관하지 말라고 냉정하게 말했다. 그제야 비로소 그 애가 입을 다물었다.

나는 자동차를 타고 여행한 적이 한 번도 없었다. 구급차를 타거나 출레거 의사 선생님과 함께 탔던 때를 빼고는 자동차도 딱 한 번 타 봤다. 샘 실버 엉클이 지난 부활절 때 지프차를 타고 왔을 때였다. 하지만 우리는 차를 타고 소풍을 가진 않았다. 대신 아저씨가 나를 태우고 허물어진 교회당까지만 갔다가 다시 로우 이모에게로 돌아오면서 잠시 드라이브를 시켜 주었을 뿐이다.

레나가 같이 갈 수 없는 게 아쉬웠다. 우어반 사감한테 물어 보았지만 사감은 안 된다고 딱 잘라 말했다. 아이스크림까지 포기하겠다고 했는데도 요지부동이었다. 사감은 레나가 기금 모금에 참여도 하지 않았는데 그런 것을 허락해 주면 모금에 참여한 다른 아이들에게 공평치 못한 처사라고 했다. 그러니 내가 이해를 해야 한다는 것이었다.

맞는 말이었다. 그렇긴 하지만……

레나는 어제 정말 내 빨간 블라우스를 빨았고, 오늘 아침 식사 시간 전에 다림질까지 해 주었다. 나는 옆에 서서 그 애가 하는 일을 가만히 지켜보기만 했다.

레나가 물었다.

"아이스크림도 먹고 레스토랑에서 식사도 하겠구나. 너, 레스토랑에서 식사해 본 적 있니?"

없다. 레스토랑에 간 적도 없다. 아니, 딱 한 번 있기는 했다. 사회복지사가 힐데가르디스 보육원으로 나를 데리고 갈 때였다. 하지만 그 때는 두려움 때문에 아무것도 먹을 수 없었다. 술집에 간 적은 많다. 예를 들자면 '파라디조' 같은 곳이다. 하지만 그 때의 일은 생각조차 하고 싶지 않아서 레나에게 말하지 않았다. 그 곳에 대해서 말하기는 더욱 싫었다.

사람들은 식사를 하려고 레스토랑을 찾는다. 그건 책을 읽어서 이미 알고 있다. 그리고 식사를 갖다 주는 사람이 연미복 — 어떻게 생긴 옷인지 나는 물론 모른다 — 을 입고 있다는 것도 알고 있고, 그 사람을 웨이터라고 부른다는 것도 안다. 웨이터 씨나 웨이터 님이 아니라 그냥 웨이터라고 부르면 된다.

우리는 기차역 앞을 지나 집이 서너 채만 남아 있는 폐허를 거쳐 새로 생긴 주택가를 가로질러 갔다. 곧이어 시골길이 나왔다. 창 밖으로 들판과 초원이 스쳐 지나갔고, 감자를 캐고 있는 아낙들과 소달구지를 끌고 가는 농부들도 보였다. 그렇게 많은 농부들이 있는 줄은 몰랐다. 그리고 시골이 얼마나 아름다운 곳인지도 전에는 미처 몰랐다. 아니면 그 동안 잊고 있었는지도 모른다. 코발스키 아주머니 집이 시골에 있었으니까 나도 한때는 그런 광경을 보았을 것이다. 하지만 그 때는 아주머니가 밖에 나가지 못하게 해서 창가에서만 밖을 내다보았다.

레나에게 시골을 잘 아는지 한번 물어 봐야겠다. 그 애는 전에 어디에서 살았을까? 잘은 모르겠지만 왠지 도시에서 살았을 것 같다. 기숙사 아이들 대부분이 도시 출신이니까.

레만 부인은 출레거 의사 선생님보다 훨씬 빨리 차를 몰았다. 제대로 볼 수 없을 정도로 풍경이 빠르게 스쳐 지나갔다. 머릿속이 아무 생각 없이 텅 비며 그림들로 채워져 갔다. 나는 계속 밖을 보고 또 보았다. 그러는 동안 마음이 차분히 가라앉았다. 언제까지라도 계속 달리며 밖을 바라보고 싶었다. 들판과 초원과 숲을 가로지르며 가끔 마을도 지나면서…….

마침내 성에 도착했다. 레만 부인이 큼지막한 철제 대문 앞 빈 자리에 차를 댔다. 공원으로 들어가려면 입장료를 내야 했다. 레만 부인이 지갑을 꺼내자 볼피는 벌써부터 아이스크림을 먹겠다고 졸라 댔다. 도대체 왜 그 애를 데리고 온 걸까?

우어반 사감은 점심으로 싸 온 샌드위치와 보온병을 넣은 시장 가방을 들고 다녔다. 레만 부인과 우어반 사감이 점심은 공원에서 간단히 먹고 저녁은 레스토랑에 가서 먹기로 결정했기 때문이다.

성이 엄청나게 컸다. 가운데에는 성을 가로질러 성 바로 뒤에 있는 공원으로 통하는 출입구가 있었다. 공원은 끝이 보이지 않을 정도로 컸다. 꽃밭도 있고, 잘 손질된 잔디밭 사이로 활처럼 구부러진 자갈길도 있고, 군데군데 분수대와 연못이 있었다. 어느 커다란 분수대 앞에는 사슴과 개의 석상들이 있었다. 그리고 사방에 동물이나 꽃병 모양의 석상들이 높은 받침대 위에 있었다. 나는 선뜻 발걸음을 옮길 수가 없어 한참 동안 그 자리에 서 있었다. 아직 한 번도 그런 것을 본 적이 없었다. 그렇게 아름답고, 그렇게 드넓은 곳이 있으리라고는 상상도 하지 못했다.

커다란 꽃밭과 분수대를 따라 이어진 널찍한 가로수길 옆으로 손질이 잘된 사철나무가 늘어선 사잇길이 눈에 들어왔다. 나무들이 마치 울타리 같았다. 우리는 가로수길을 따라가다가 사철나무 사잇길 안으로 꺾어 들어갔다. 그러자 마치 깊은 숲속에 들어온 것처럼 키 큰 나무들 사이를 지나가게 됐다. 그리고 새로운 석상들도 계속 나타났다.

볼피는 계속 짜증을 냈지만 나는 그 애에게 전혀 신경 쓰지 않았다. 그 애가 무엇을 하든지 내게는 아무 상관 없는 일이었고, 나를 방해하지만 않는다면 괜찮았다. 나는 그 애와 그 애의 어머니 그리고 우어반 사감이 나를 방해하지 않기를 간절히 바랐다. 정말이지 혼자이고 싶었다.

큰 나무들 사이로 걸어가는 길은 상쾌했고 그늘이 드리워져 있었다. 갑자기 여인의 석상 하나가 눈 앞에 나타났다. 방금 물에서 올라온 듯 작은 연못 한가운데 있는 받침대 위에 우뚝 서 있었다. 여인은 벌거벗은 채 어깨에 수건을 걸치고 있었다. 전체가 돌로 돼 있는데도 겹쳐진 주름이 마치 천처럼 보였다. 매끈하고 잿빛이 감도는 흰색 돌이었다. 여인은 머리를 약간 왼쪽으로 기울이고 있었다. 팔은 하얗고 통통했으며, 배는 무척 부드러워 보였다. 가장 아름다운 부위는 다리였다. 여인은 한 발을 내딛기라도 하려는 듯 왼발로 서서 오른발을 살짝 들고 있었다. 매끈한 돌이 마치 투명한 피부처럼 빛났다. 다리는 무릎과 통통한 종아리도 갖추고 있어서 정말 살아 있는 것처럼 보였다. 발에는 발가락과 발톱까지 있었다. 가장 예쁜 곳은 오른쪽 무릎이었다.

실제로 살아 있는 한 여인의 모습 같았다. 옛날에 어느 아름다운 여인이 연못에서 나와 공원을 지나가는데, 그 여인에게 흠뻑 반한 마법사가 어떻게든 그 여자를 간직해 두고 싶어했을 거란 상상을 해 보았다. 마법사는 그 여인에게 절대로 늙지 말라고, 지금 이 순간처럼 바로 그런 모습으로 머물러 있어야 한다고 주문을 걸었을 것이다. 그리고 그는 여인을 돌이 되게 했으리라. 그 과정이 고통스럽지는 않았던지 여인은 미소를 띠고 있었다. 이제는 돌이 되어 굳은 미소를 지어 보이지만, 실제로 그렇게 웃고 있던 바로 그 순간 여인은 돌로 변했을 것이다. 여인이 너무나 아름다웠기 때문에 돌이 되어서도 그처럼 아름다워 보이는 것이리라. 어쩌면 여인이 실제보다 오히려 더 예쁘게 된 건 아닐까? 아니면 마법사가 그런 여인을 꿈 속에서 보았는지도 모른다. 그래서 자신이 생각하고 있는 미의 형상을 그렇게 표현해 놓은 건 아닐까? 화석이 되어 버린 꿈…….

갑자기 누군가 팔로 내 어깨를 감쌌다. 우어반 사감이었다.

"왜 울고 있니, 할링카?"

나는 내가 울고 있다는 사실도 전혀 깨닫지 못하고 있었다.

"너무 예뻐요. 저 다리요……."

나는 무슨 말을 해야 할지 막막했다. 도저히 말로 표현할 수가 없었다. 그리고 사감도 자세히 살펴보면 얼마든지 직접 느낄 수 있을 것 같았다.

우어반 사감이 나를 자기 옆으로 조금 더 끌어당겼다.

"이리 와, 밥 먹으러 가자. 그 다음엔 약속한 대로 아이스크림을 먹으러 갈 거야."

나는 사감 손에 이끌려 레만 부인과 볼피가 앉아 우리를 바라보고 있던 벤치로 갔다. 배도 고프지 않고 아이스크림도 생각이 없었다.

"여기가 좋은 모양이구나, 그렇지? 이제야 우리가 이 곳에

온 걸 기뻐하는 것 같네, 그렇지?"

노래를 부르는 듯한 레만 부인의 목소리가 하나도 이상하게 들리지 않았다. 오히려 공원에 잘 어울리는 목소리였다.

"저런 석상들을 뭐라고 하는 거예요?"

내가 빵을 싼 종이를 펴며 물었다. 빵 속에 특별히 치즈가 들어 있었다.

"그냥 조각상이라고 해. 2백 년에서 3백 년은 된 것들이지."

우어반 사감이 대답해 주었다.

치즈빵을 먹고, 우어반 사감이 시장 가방에서 꺼낸 양철잔에 차를 따라 마시면서 2백 년도 넘은 조각상이 서 있는 나무들 너머로 눈길을 돌렸다. 그 조각상이 나를 기다리고 있었던 듯한 기분이 들었다. 오직 나만을……. 그리고 내가 떠나면 다시 올 때까지 기다리고 있을 것만 같았다.

아이스크림을 먹으려면 공원 밖으로 나가야 했다.

"저는 먹고 싶지 않아요. 아이스크림은 먹지 않아도 돼요. 그냥 여기 있을게요."

레만 부인과 사감은 나갔다가 꼭 다시 돌아오겠다고 약속했다. 그래도 나는 나가고 싶지 않았지만, 바보 같은 볼피가 계속 짜증을 내는 바람에 하는 수 없이 따라가야만 했다. 출입구에서 레만 부인이 직원한테 잠시 나갔다 올 테니 표를 새로 사지 않고 다시 돌아올 수 있게 해 달라고 부탁했다. 우리는 밖으로 나가 길을 이리저리 건너갔다. 하지만 난 공원에 있는 조각상들을 생각하느라 앞을 제대로 보지도 않고 걸었다. 특히 200년 전부터 나를 기다리고 있었을 것 같은 내 조각상 생각을 하느라 아무 신경도 쓰이지 않았다.

아이스크림 가게가 불쑥 눈 앞에 나타났다. 볼피는 종류를 잘 아는지 커다란 깔때기 모양의 과자 안에 딸기 아이스크림과 초콜릿 아이스크림을 담아 달라고 했다. 나는 무엇을 먹든 상관 없었다.

"어떤 종류가 있는지 저 판을 좀 봐."

레만 부인이 실망한 듯한 목소리로 말했다. 내가 허겁지겁 달려들 거라고 생각했던 모양이었다. 보통 때라면 아마 그랬을 것이다. 내 머릿속에 그 조각상이 좀처럼 지워지지 않는 걸 레만 부인이 알 리가 없었다. 나는 여러 가지 아이스크림을 바라보다가 "바나나하고 초콜릿요." 하고 말했다.

레만 부인이 흡족한 웃음을 지었다. 나도 아이스크림을 담은 커다란 깔때기 모양의 과자를 받았다. 레만 부인과 우어반 사감은 작은 컵에 봉긋하게 담겨 나오는 아이스크림을 주문했다.

우리는 혀로 아이스크림을 핥으면서 왔던 길을 되돌아갔다.

다시 공원 안에 들어섰을 때 내가 우어반 사감에게 조용히 물었다.

"잠깐 저 혼자 돌아다니면 안 될까요?"

사감은 잠시 머뭇거리더니 대답했다.

"좋아, 하지만 여기서 멀리 내려가지는 마. 그리고 이따 여기 사슴들이 있는 분수대로 와야 해."

나는 그러겠다고 약속하고 혼자 갔다.

이 공원은 전에 사유지였다. 이 성 안에 살면서 마음대로 돌아다니고 입장료도 낼 필요가 없는 사람들의 것 말이다. 그들은 날마다 이 모든 것을 보며 살았으리라. 물론 그들한테는 여기에서 뛰어놀았을 자식들도 있었을 것이다. 아이들이 잔디밭에서 공놀이를 했을 것도 같다. 아니면 숨바꼭질을 하면서 조각상 받침대 뒤에 숨었을지도 모른다. 그 애들이 사슴 등에 올라타 발꿈치로 사슴 옆구리를 차며 "이랴, 이랴!" 하고 소리쳤을 것도 같다. 날마다 주변에서 이렇게 아름다운 것들을 많이 보게 되면 전혀 다른 사람이 될 수도 있겠다는 생각도 들었다.

성은 엄청나게 컸다. 수많은 하인들도 함께 살았을 테니 방도 수없이 많았을 것이다. 우리는 한 방에 일곱 명이나 같이 산다. 로우 이모는 아주 작은 방 하나를 얻어서 살고 있다. 내게는 모든 것이 상상을 초월하는 것이었다. 어디를 가든 널찍한 공간에서 살았다면 살아가는 방식도 분명히 달랐을 거다.

전에는, 다른 사람들은 다르게 살아갈 거라는 생각을 한 번도 한 적이 없었다. 냄비나 가위처럼 쓸모 있는 일만 해 주는 물건들이 수없이 많다는 사실도 생각해 본 적이 없다. 그리고 그런 것 말고도 아름다워서 사람을 황홀하게 만드는 물건이 있다는 것도 생각해 보지 못했다. 또 그런 것들이 아주 희귀하다는 것도. 유용한 물건들과 비교해 볼 때 아름다움은 쓸모없는 거지만 그래도 그것은 사람에게 꼭 필요한 것이었다. 적어도 나한테는 그것이 늘 필요할 것이라는 사실을 문득 깨닫게 되었다. 그러자 다시 눈물이 나올 것만 같았다. 다른 한편으로는 그 모든 것을 볼 수 있게 된 게 퍽 다행스럽게 여겨졌다.

제대로 곰곰이 생각을 모으면 모든 것을 상상할 수 있다던 로우 이모의 말은 틀린 말이었다. 이 곳에서 내가 본 것들은 전혀 모르던 것이기 때문에 도저히 상상이 불가능했을 것이다.

로우 이모, 생각보다 훨씬 더 복잡해요. 사람은 자기가 알고 있는 범위에서만 상상할 수 있을 뿐이에요.

'성 공원'이라는 말을 자주 듣거나 읽기도 했지만 그것이 무슨 뜻인지는 정확히 잘 모르고 있었다. 기껏해야 기차역 근처에 있는 잔디밭 정도로 생각했다.

큰길과 사잇길을 계속 걸어다녔다. 그러다가 아이들 셋이 숫염소와 놀고 있는 모습을 한 조각상을 쳐다보고 있는데 볼피가 내 쪽으로 달려왔다.

볼피가 반가워하며 큰 소리로 말했다.

"얼마나 찾았다고! 따라와 봐, 저기 뒤에 건물이 하나 있는데 벽에 그림이 있어. 그림 제목이 '세상의 종말'이래. 가만히 들여다보면 점점 멀리까지 보이는 것 같아. 우어반 선생님이 그러는데 그게 원근법이래. 이리 와 봐, 내가 보여 줄게."

"그림 이야기 따위는 집어치우고 날 좀 내버려 둬."

나는 소리를 지르며 몸을 홱 돌렸다. 어느 건물 벽에 그려져 있다는 그림에 내가 무슨 흥미가 있겠는가? 나는 왔던 길로 얼른 다시 돌아갔다. 그리고 다시 내 조각상 앞에 섰다. 그 여인이 조각상들 가운데 가장 아름다웠다. 다리도 예쁘고 무릎도 너무나 아름다웠다. 어떻게 돌로 그토록 아름답게 만들 수 있었을까?

갑자기 우어반 사감이 다시 곁에 나타나 내 어깨에 손을 얹으며 말했다.

"할링카, 너 왜 모금함을 열었니? 돈 꺼냈니?"

잠시 머릿속이 텅 빈 듯했고 다리가 떨렸다. 나는 애써 정신을 다시 가다듬었다.

"아니요. 그냥 그 안에 돈이 얼마나 들어 있는지 궁금해서 그랬어요. 그런데 철사가 잘 이어지지 않았어요."

사감이 내 어깨를 힘주어 잡았다.

"좋아, 그 얘긴 더 하지 않기로 하자. 이제 조금 있으면 돌아가야 해. 레스토랑에 가서 식사를 해야 되잖아."

사감이 등을 돌렸다. 나는 사감의 뒷모습을 바라보았다. 다리가 얼마쯤 후들거리다가 금방 괜찮아졌다. 사감이 알고 있는 것 같았지만 굳이 내가 사감에게 털어놓을 필요는 없었다. 언젠가는 직접 찾아가 사실을 고백하고, 그 대신 설거지 당번이나 조리실 당번 혹은 수위실 당번을 할 생각이다. 그렇게 해야만 이렇게 소풍 올 수 있었던 값을 비로소 제대로 치르는 셈이 될 것이다. 이 곳은 어떤 대가를 치르고서라도 한번 와 볼 만한 가치가 충분히 있는 곳이었다. 모금함 철사 때문에 마음을 졸였던 것조차도 괜찮게 여겨졌다. 어떤 값을 치르게 되더라도 괜찮았다.

"신은 오랫동안 기다렸다가 이자와 함께 대가를 치르게 한다."고 했던 로우 이모 말이 맞았다. 사람은 언젠가는 모든 것에 대해 대가를 치른다.

내 조각상이 작은 연못 한가운데에 있어 직접 손으로 쓰다듬지 못하는 것이 안타까웠다. 하지만 그게 오히려 잘된 일인지도 모른다. 어느 누구도 그 조각상에 손을 대게 하고 싶지 않다. 돌은 차갑고 매끄러워 보였고 아름다웠다.

"안녕히 계세요. 다시 올게요. 꼭 다시 찾아올게요."

나는 조각상을 향해 속삭인 뒤, 고개를 들어 조각상의 얼굴을 쳐다보았다. 2백 년도 넘는 세월 동안 그것은 그 곳에 서 있었다. 조각상의 머리가 파란 하늘 때문에 더욱 희게 보였다. 수풀과 나무에서 새가 지저귀기 시작했고, 차츰 저녁이 다가오고 있었다. 나는 몸이 아주 작아진 것도 같고 동시에 아주 커진 느낌도 들었다. 아마 그것이 행복인 것 같았다. 아니면 적어도 그 비슷한 것이든가.

그렇게 조각상과 작별을 하고 다른 사람들에게로 갔다. 우리는 자동차를 타고 슈베칭엔 성 공원을 빠져 나갔다. 어느 마을에서 레만 부인이 커다란 간판에 '초록 떡갈나무'라고 씌어 있는 레스토랑 앞에 차를 세웠다. 음식점이 있는 호텔이었다.

홀에는 적어도 스무 개는 됨직한 테이블이 있었는데 기숙사의 식당과 전혀 달랐다. 창문에는 어두운 빛깔의 커튼이 내려뜨려져 있고, 테이블에는 하얀 식탁보가 덮여 있었다. 몇몇 테이블엔 사람들이 앉아 있었다. 웨이터가 우리에게 차림표를 갖다 주었다. 그냥 단순한 검은 양복을 입은 사람이었다. 나는 연미복을 다르게 상상하고 있었다.

나는 주문할 음식을 찾기 위해 차림표를 볼 필요가 없었다. 이미 정확히 알고 있으니까.

"카셀 갈비 스테이크요. 저는 카셀 갈비 스테이크를 먹고 싶어요."

"잘 골랐구나, 얘야."

레만 부인은 내가 무엇이든 원하는 게 있기만 하면 기분이 좋은 모양이었다. 아들인 볼피가 무엇을 주든 만족하지 않아서 그런 것 같았다. 짜증을 무척 많이 내는 녀석이었다. 그 애는 끝까지 사과 소스를 끼얹은 팬케이크를 먹겠다고 고집을 부렸다.

"차림표에는 나와 있지 않습니다만…… 그렇지만 마련해 드릴 수 있을 겁니다."

웨이터가 이렇게 말하고 나서야 볼피가 인상을 폈다.

우어반 사감이 반주로 붉은 포도주 한 잔을 주문했는데, 술이 나오고 한참이 지나도 식사가 나오지 않아 또다시 한 잔을 주문했다. 나는 사감이 적잖이 걱정되었다. 만약 사감이 술에

취하면 어떻게 될까? 꽥꽥 고함을 지르며 사람을 마구 때릴까? 하지만 사감은 술을 더 주문하지 않았다. 오히려 술 때문에 기분이 좋아진 듯 보였다. 레만 부인은 광천수를 마셨고, 볼피와 나는 사과 주스를 마셨다. 달았고, 정말로 사과 냄새가 났다.

한참 만에 식사가 나왔다. 몹시 허기가 느껴졌다. 웨이터가 카셀 갈비 스테이크가 담긴 접시를 내 앞에 놓았다. 살과 뼈 사이에 흰 기름층이 있는 분홍색 고기였다. 톱으로 잘린 부분은 오래된 고무공처럼 잿빛이 났고, 기포가 나 있었다. 길고 구붓한 부분은 은막으로 감싼 듯 반지르르한 윤기가 돌았다. 카셀 갈비 스테이크는 내가 늘 상상해 왔던 대로 아주 크고 두툼했다. 고기와 함께 으깬 감자와 절인 무채가 나왔다.

나는 포크와 나이프를 들고 열심히 고기를 썰고 있는 레만 부인과 우어반 사감을 유심히 보았다. 그들은 나이프를 오른손에, 포크는 왼손에 쥐고 있었다. 아주 쉽게 다루는 것처럼 보였는데 내가 직접 해 보니 생각처럼 쉽지 않았다. 하지만 나는 결국 해냈다. 나는 카셀 갈비 스테이크를 아주 작은 고기 조각으로 썰어 놓고, 조금이라도 맛을 놓칠세라 천천히 씹어먹었다. 묘한 짠맛이 났지만 맛은 아주 좋았다. 나는 그렇게 맛있는 걸 먹어 본 적이 한 번도 없었다. 요양원에서 힐데가르디스 보육원으로 가던 중에 먹었던 그 카셀 갈비 스테이크에 대한 기억은 거의 나지 않았다. 하지만 그건 별로 중요하지 않다. 이제는 카셀 갈비 스테이크가 어떤 맛인지 잘 알고 있으니까 말이다. 맛있었다. 정말 너무나 맛있었다. 이 맛은 결코 잊지 못할 것 같다.

레만 부인과 우어반 사감이 자꾸 내 쪽을 힐끔거렸다. 보통 때 같으면 누가 날 쳐다보는 게 기분 나빴겠지만 이번만큼은 괜찮았다. 마지막으로 내가 뼈에 붙은 고기를 발라 먹으려고 뼈를 손에 들자 두 사람이 웃음을 터뜨렸다. 나도 함께 웃었다. 후식으로 푸딩까지 나왔다. 가장자리에 생크림이 군데군데 있는 초콜릿 푸딩이었다.

집으로 가는 길에 나는 눈을 감았다. 밖은 어느새 어둑어둑해졌다. 오늘 일어났던 일들을 모두 머릿속으로 그려 보고 싶었다. 절대 잊지 않도록. 특히 나의 아름다운 여인상을.

자동차가 기숙사 앞에 멈춰 섰을 때 너무 금방 온 것 같아서 신기했다. 우리는 차에서 내렸다. 레만 부인도 차에서 내려 나를 꼭 끌어안고 머리에 키스해 주었다.

"할링카, 난 네가 이 상을 받아서 특히 기뻤단다. 너랑 같이 소풍 가서 정말 좋았어."

나는 하마터면 눈물이 나올 뻔했지만, 그뿐이었다.

"고맙습니다, 레만 부인. 정말 멋진 소풍이었어요. 대단히 감사합니다."

인사를 차리기 위해 마음에도 없는 말을 억지로 할 필요가 없었다. 정말 고마웠으니까 말이다.

우어반 사감과 나는 나란히 층계를 올라갔다. 벌써 소등 시간이 지난 후였다.

"조용히 하렴. 다른 아이들 깨우지 마라. 잘 자라, 애야."

"안녕히 주무세요. 그리고 고맙습니다."

사감이 손으로 내 머리를 쓰다듬었다. 그런 다음 사감은 자기 숙소로 갔고, 나는 내 방으로 갔다.

레나가 깨어 있었다. 그건 나도 예상한 바였다. 하지만 오늘만큼은 가방 창고로 가고 싶지 않았다. 그냥 침대에 누워 그 조각상 생각만 하고 싶었다. 아름다움에 대해서……. 사실 나도 그것을 잘 모른다. 어쨌든 오늘 밤은 혼자 있고 싶었다.

우리는 세면실로 가 세면대 앞에 나란히 서서 차가운 물 밑으로 손을 잡았다.

"기분 나쁘게 생각하지 마. 내일 다 이야기해 줄게. 오늘은 안 돼. 먼저 생각을 정리해야 되거든."

레나의 얼굴에 실망하는 기색이 역력히 나타났다. 그렇지만 억지로 내 입을 열려고는 하지 않았다. 그 애는 절대로 그런 짓을 하지 않을 아이다.

"좋아, 그럼 내일 다시 보자."

우리는 다시 방으로 갔다. 그 애가 내게 뽀뽀했다.

나는 침대에 누워 이불 밑에 있던 작은 인형을 손으로 만지작거리며 모든 소풍 과정을 머릿속으로 다시 그려 보았다. 한 번, 두 번, 세 번…….

레나는 울지 않았다. 잠들었는지도 모른다. 하지만 지금 이 순간에는 그런 것이 전혀 중요하지 않았다. 내일, 내일이 되면 그 애에게 모든 것, 특히 그 여인상에 대해서 말해 줘야지.

나는 눈을 감았다.

공원은 끝이 보이지 않을 정도로 컸다. 꽃밭과 잔디밭 사이로 활처럼 구부러진 자갈길이 보이고 군데군데 분수대와 연못이 있었다. 어느 커다란 분수대 앞에는 사슴과 개의 석상들이 있었다. 그리고 사방에 동물이나 꽃병 모양의 석상들이 높은 받침대 위에 있었다. 나는 선뜻 발걸음을 옮길 수가 없어 한참 동안 그 자리에 서 있었다. 아직 한 번도 그런 것을 본 적이 없었다. 그렇게 아름답고, 그렇게 드넓은 곳이 있으리라고는 상상도 하지 못했다…….

17장.
설탕도 충분히 단데 꿀은 왜 필요한가요?

내가 낯선 기숙사에 있다. 엄청나게 크고 이쪽 저쪽에 긴 복도와 층계가 많으며 문도 셀 수 없이 많은 곳이다.

마치 누군가 뒤쫓아오기라도 하듯이 나는 복도를 마구 달린다. 하지만 뒤를 돌아볼 때마다 복도는 텅 비어 있고 오직 나 혼자만 있을 뿐이다. 발소리가 울리면서 벽에서 소리가 울려퍼진다. 그 소리가 왠지 으스스하게 들려서 나는 점점 더 빨리 달린다. 그 때 갑자기 누군가 외치는 소리가 들린다.

"내가 널 잡을 테니 꼼짝 말고 기다려. 그럼 넌 깜짝 놀라게 될 거야!"

귀에 익은 목소리다. 누구의 목소리인지 곰곰이 생각해 보지만 전혀 생각나지 않는다. 단지 어서 빨리 도망쳐야 한다는 것만큼은 확실하다.

　잔뜩 겁에 질린 채 가장 가까운 곳에 있는 문을 열고, 내가 예상했던 것과 전혀 다른 방 안에 들어간다. 우리가 살고 있는 방과 아주 다른 모습이다. 침대가 줄줄이 붙어 있지도 않고 간이 옷장도 없으며 숙제를 할 때 쓰는 책상도 없다.

　갈색 양탄자가 깔린 작은 방이다. 창문에는 흰색 망사 커튼과 무겁고 짙은 녹색 천 커튼이 바닥까지 내려뜨려져 있다. 창문 앞에는 초록색 벨벳 천을 씌운 원형 탁자가 있고, 그 주위에 의자 여러 개가 놓여 있다. 오른쪽 구석에 목제 침대가 하나 보이고, 침대 위에는 두껍고 폭신폭신한 이불과 가운데가 적당히 들어간 커다란 베개가 보인다. 방문 바로 옆에는 문이 하나 달리고 다리를 정성 들여 만들어 놓은 구식 옷장이 있다. 가장 눈에 뜨이는 것은 왼쪽 벽에 붙어 있는, 조각이 정교한 구식 서랍장이다.

　어디에선가 본 듯한 방이다. 혹시 전에 꿈 속에서 보았는지도 모른다. 방 안에는 아무도 없다. 냄새가…… 어디에서 냄새가 나는지 알아내기까지 시간이 많이 걸린다. 라일락 냄새다. 정말 오랫동안 라일락 냄새를 맡아 보지 않았다는 사실이 새삼 생각난다. 언제가 마지막이었더라? 모르겠다. 기억이 나지 않는다.

　머뭇머뭇 서랍장으로 다가가 서랍을 하나 열어 본다. 보석이 들어 있다. 목걸이를 하나 꺼내 오랫동안 들여다본다. 그것도 어디에선가 본 것처럼 낯익어 보인다. 은인데 거의 까만색에 가까운 어두운 색이다. 가운데에 초록색 보석이 박혀 있는 특이한 모양의 별이 목걸이에 매달려 있다. 눈물이 나지만 나는 슬프기보다는 오히려 기쁘다. 얼른 다음 서랍도 열어 보고, 계속 그렇게 서랍을 있는 대로 다 열어 놓는다. 서랍 속엔 별의별 것들이 다 들어 있다. 보석, 흙을 구워 만든 인형들, 통과 종이 상자들, 울긋불긋한 옷감들…….

파란 벨벳 천을 꺼내 얼굴에 갖다 댄다. 정말 부드럽다. 갑자기 문이 열리고 누군가 내 어깨를 움켜잡는다. 나는 기겁을 하며 당황한다.

주잔네다. 주잔네가 나를 흔들고 있었다.

나는 얼른 눈을 다시 감았다. 깨어나고 싶지 않았다. 계속 꿈을 꾸고 싶었다. 그 방에서 무슨 일이 일어날까? 보석이 들어 있는 서랍장은 과연 누구의 것일까?

하지만 주잔네가 쉬 물러서지 않고 이불을 홱 젖혔다.

"일어나, 어서!"

그 애는 이번 주에 방 당번이기 때문에 제 시간 안에 우리 모두를 준비시켜 놓아야 할 책임이 있다. 나는 침대에서 일어나 세면실로 갔다. 돌아와서 보니 레나가 이미 내 침대를 정리해 놓았다. 종이 울려서 우리는 함께 식당으로 내려갔다.

아침 식사 때 듀로가 소풍은 어땠냐고 물었다. 나는 아무 말도 하고 싶지 않았다. 그냥 계속 꿈 생각만 했다. 그래서 건성으로 대답했다.

"좋았어, 아주 좋았지."

잉에가 졸라 댔다.

"말 좀 해 봐. 하나도 빠뜨리지 말고 다 얘기해 줘."

내가 옆을 보자 레나가 가볍게 고개를 끄덕였다.

"궁금하단 말이야. 너도 그런 것쯤은 알잖아."

레나가 격려가 담긴 너그러운 말투로 말했다.

나는 이야기를 시작했다. 하지만 공원이 아니라 레스토랑에 대해 이야기했다. 레스토랑이 어떤 모습이었고 웨이터가 무슨 옷을 입었으며 테이블 장식은 어땠는지, 그리고 우리가 먹은 음식은 어땠는지 말했다. 나는 끊임없이 말을 이었고, 내가 하는 말이 과연 맞는 말인지도 분간이 잘 서지 않았다. 하지만 깊게 생각하고 싶지 않았다. 그래서 레스토랑 안에 있었다고 말해 버린, 조각이 정교한 서랍장에 대해서도 자세히 설명해 주었고, 한 여자가 별 모양이 달린 멋진 은목걸이를 하고 있었다는 말도 했다. 아이들은 넋이 나간 얼굴로 나를 바라보았다.

내가 원하던 바였다. 아이들이 그 정도로 만족하고 나한테 성 공원에 대해 꼬치꼬치 묻지 않기를 바랐다. 그 곳은 오직 나 혼자만의 공간이다. 다른 사람들은 어차피 들어도 이해하지 못할 것이다. 나 역시 그 곳에서 어떤 경험을 했는지 도저히 말로 표현할 수 없었다.

하지만 듀로가 끝내 질문을 던졌다.

"그런데 공원은 어땠어?"

"그냥 공원이야. 잔디밭, 꽃밭, 길, 벤치가 있는……."

나는 별것 아니었다는 듯한 표정을 지어 보이며, 마치 그 동안 성이 있는 공원을 수백 곳이나 가 본 사람처럼 말했다.

레나가 다른 아이들 모르게 팔을 오른쪽으로 뻗어 내 손을 살짝 건드렸다.

나는 다시 마음을 가다듬을 수 있었다.

"이제 그만 좀 물어 봐라. 내가 분명히 말했잖아, 그냥 예뻤다고."

레나가 일어났다. 식탁 당번이라 레나가 부엌으로 갖고 갈 그릇들을 모았다. 나도 그 애를 도왔다.

생각 같아서는 오늘 학교에 가고 싶지 않았다. 몸이 아프다고 해 버리고 싶었다. 하지만 우어반 사감이 허락하지 않을 것 같았다. 나 역시 사감과 승강이를 벌이고 싶은 생각은 없었다. 오늘만큼은 싫었다. 그래서 레나와 함께 교실로 향했다.

머릿속으로는 완전히 다른 곳에 가 있었기 때문에 수업을 별로 잘 따라가지 못했다. 자꾸만 은목걸이와 조각상이 눈앞에 아른거렸다. 녹색 커튼이 드리워진 작은 방 안에 있는 조각상도 보였다. 그 곳에서는 조각상이 전혀 다른 모습이었다. 간간이 로우 이모의 말소리도 들렸다.

"할링카, 어서 공부해라. 네게 주어진 조건에서 최대한 많이 배워야 해. 네가 이미 배운 건 아무도 빼앗아 갈 수 없단다."

내일요, 이모. 내일은 열심히 할게요. 내일은 절 믿으셔도 좋아요.

폴란드 말로 '아름답다'를 뭐라고 하더라? 맞다, 피엥크니! 타 코비에타 피엥크나. 정말 아름다운 여인이라는 말이다.

점심 먹기 전 우편물을 나누어 줄 때 우어반 사감이 내게 편지 한 통을 주었다. 로우 이모의 편지였다. 나는 다시 자리에 앉으면서 치마 주머니에 편지를 넣었다.

레나가 나를 유심히 보았다.

"나도 오늘 오후에 엄마한테 편지를 쓸 거야. 어제도 써 보려고 했는데 잘되지 않았지만 오늘은 될 거야……."

레나가 내게 속삭이며 다시 포크를 집어 들었다.

식사 후 화장실에 앉아서 편지를 뜯는데 10마르크짜리 지폐가 펄럭이며 바닥에 떨어졌다. 나는 얼른 주웠다.

차비다. 로우 이모가 내가 오기를 바란다는 것을 뜻하는 돈이었다. 내가 보고 싶은 모양이었다. 나를 볼 생각을 하면 너무나 기쁘다고 편지에 적어 놓았다.

하지만 다른 사연도 씌어 있었다. 샘 실버 엉클이 갑자기 다른 부대로 배치를 받아서 다음 주에 미국으로 돌아간다는 소식이었다. 결혼에 대해서는 아무 말도 없었다. 잘 안 된 것 같았다. 이모와 내가 너무 성급하게 좋아했다는 의미였다. 이모에게 다시 남자가 생길 때까지 나는 계속 이 곳에서 지내야 한다.

가슴아픈 일이다. 샘 실버 엉클은 나도 좋아했는데……. 로

231

우 이모가 사랑하는 남자라면 난 누구라도 좋아했을 것이다. 당연히 그 남자가 이모와 잘 맞아야 한다. 물론 나도 자기와 맞지 않는 남자를 만나 사랑에 빠지는 여자들이 많다는 것도 안다. 하지만 로우 이모는 그렇지 않을 거라고 나는 확신한다. 언젠가는 분명히 잘 성사될 날이 올 것이다.

"난 정말 슬프단다. 샘 실버 엉클도 마찬가지야. 하지만 그 사람은 어쩔 수 없는 군인이란다. 어디에 배치받아 얼마나 오랫동안 그 곳에 있게 될지 전혀 모르지."

로우 이모는 편지에 이렇게 적어 놓았다.

10마르크. 이제 차비가 두 배로 생겼다. 다른 차비에 대해선 이모에게 굳이 변명을 늘어놓을 필요가 없게 되었다. 모든 것이 저절로 해결되었다.

나는 점심 휴식 시간이 끝나기 전에 우어반 사감을 찾아갔다.

"이번 주 토요일에 이모한테 가고 싶어요."

"이모한테서 편지 받았니?"

나는 고개를 저었다. 편지는 갖고 있었지만 보여 주고 싶지는 않았다. 샘 실버 엉클은 사감하고 아무런 상관도 없으니까. 그 아저씨는 오직 로우 이모하고만 상관이 있는 사람이고, 나랑도 단지 약간의 관계가 있을 뿐이다.

"이모가 독일어를 잘 쓸 줄 모른다는 건 사감님도 잘 알고 계시잖아요."

우어반 사감이 눈살을 찌푸렸다.

"주말에 외출을 하려면 뭔가 서신으로 연락을 해야 한다는 걸 내가 누차 말했을 텐데? 아니면 적어도 전화라도 하든가. 이렇게 그냥 너를 보내 줄 수 없다는 건 너도 잘 알고 있을 거야. 지금 전화하면 통화할 수 있니?"

"네, 지금 바로 하시면 돼요. 지금 일하고 계실 테니까요."

내가 전화번호를 종이에 적어 주자, 사감은 다리가 긴 탁자에 놓인 전화기 쪽으로 갔다. 그리고 전화번호를 돌리고 내게 수화기를 건넸다.

낯선 아주머니 목소리가 들렸다. 나는 로우 이모와 통화하고 싶다고 말했다. 전화를 받은 여자는 투덜대더니 로우 이모를 찾아보겠다고 했다. 이모의 직장 상관은 근무 시간에 사적인 전화가 걸려 오는 게 영 마땅치 않은 모양이었다.

한참 동안 침착하게 기다리자 드디어 수화기에서 로우 이모 목소리가 들렸다. 갑자기 몸이 확 달아올라 처음에는 아무 말도 할 수 없었다. 시간이 조금 지나고 난 다음에야 주말에 외출하려면 서면으로나 전화로 통지해야만 한다고 이모한테 설명했다.

"뭐라구? 내가 돈을 부쳐 준 것만으로도 확실할 텐데."

"그래도요."

하고 말하는데 갑자기 머릿속에 두 가지 생각이 떠올랐다. 기둥 뒤에 숨겨 놓은 10마르크와 로우 이모의 소파였다. 소파가 아주 작긴 하지만 레나와 나는 다행히 뚱뚱하지 않다.

"로우 이모, 친구 한 명과 함께 가면 안 돼요?"
잠시 침묵이 흘렀다.
"제발 로우 이모, 아주 사랑스러운 아이예요. '사' 자로 쓰는 사랑 말이에요."
그러자 이모가 말했다.
"짓궂기는! 사랑은 아주 중요한 단어야. 사랑을 '사' 자로 쓴다는 건 나도 잘 안다구. 좋아, 친구와 함께 와도 돼."
이모가 웃었다. 이모가 웃는 모습이 얼마나 예쁜지 그 동안 잊고 지냈다.
"그럼 어서 우어반 사감 좀 바꿔라."
"고마워요, 로우 이모."
목이 간지러워서 거의 말을 잇기 어려웠다.
"고마워요, 그럼 토요일에 뵐게요. 2시 27분에 출발하는 기차를 타고 갈 거예요. 로우 이모, 정말 기뻐요."
나는 우어반 사감에게 수화기를 넘겨주었다. 로우 이모가 무슨 말을 했는지는 모르지만 아무튼 통화가 길었다. 우어반 사감은 열심히 듣다가 간간이 웃었다. 로우 이모가 웃을 때 안 웃는 사람은 아무도 없다.
마침내 통화를 끝낸 우어반 사감이 말했다.
"좋아, 가도 돼. 친구 한 명도 함께 갈 수 있지. 그 친구가 누구인지 내가 한번 맞혀 볼까?"
"레나요, 레나테지 누구긴 누구겠어요?"

문을 열고 나가려는데 사감이 내 머리를 쓰다듬었다. 어제 저녁처럼.

"언제 다시 줄레거 선생님한테 가야 되지?"

"내일요. 실밥을 뽑을 거예요."

사감은 또다시 내 머리를 쓰다듬었고, 나는 밖으로 나갔다.

레나는 아마 깜짝 놀랄 것이다. 그 모습을 떠올리자 먼저 웃음부터 나왔다. 복도를 천천히 지나 세면실로 갔다. 나한테는 오래된 습관이 하나 있다. 곧장 방으로 들어갈 수 없는 사정이 생길 때면 언제나 세면실로 가서 물을 틀어 놓고 꼭지 밑에 손을 대고 있는 것이다. 이유가 어떻든 늘 그렇게 한다. 그러면 마음이 가라앉는다.

물이 상쾌하게 차가웠다. 몸을 숙여 한 모금 마시고 얼굴에도 물을 묻혔다. 거울 속의 내가 나를 바라보고 있었다. 갑자기 얼굴이 다르게, 조금 더 성숙해진 것처럼 보였다. 반창고를 떼고 꿰맨 자리를 살펴보았다. 상처가 잘 낫고 있다고 줄레거 의사 선생님이 말했다. 머리를 기르면 흉터는 보이지 않게 될 것이다. 내일 실밥을 뽑고 나면 큰 반창고도 더 이상 붙일 필요가 없게 되겠지.

내 생각에 나는 방금 전에 행복에게 의자를 내준 것 같다.

얼굴의 물기를 닦고 세면실에서 나갔다. 우리 방으로 들어가기 전에 문가에 잠시 멈춰 섰다. 레나에게 곧바로 말할 생각이다. 호주머니에 손을 집어넣었다. 작은 인형이 손에 잡혔다.

언젠가 재 보았더니 13센티미터 반이었다. 어차피 나도 별로 크지 않으니 나한테 아주 잘 어울린다. 레나가 인형의 머리카락을 다시 검은색으로 물들여 놓았다.

  이모, 사랑하는 로우 이모, 설탕만으로도 충분히 단데 꿀은 왜 필요한가요?

옮긴이의 말

행복이 오래 머물 수 있기를……

『행복이 찾아오면 의자를 내주세요』Wenn Das Glück Kommt, Muss Man Ihm Einen Stuhl Hinstellen 라는 제목은 더 이상 말이 필요 없는 훌륭한 제목이다. 적어도 내가 알고 있는 책들 가운데 내 기준으로는 가장 감동적인 제목이다. 드물게 우리 마음 안에 둥지를 틀며 찾아오는 행복을 단 몇 초라도 더 머물게 하고 싶은 마음이 어느 누구에겐들 없을까?

이 책을 쓴 미리암 프레슬러Mirjam Pressler는 해마다 열리는 독일 프랑크푸르트 도서 박람회에 갈 때마다 내가 늘 만나는 작가다. 히브리어와 네덜란드어 문학 번역가로도 활동하고 있는 그의 관심은 언제나 소외되거나 억눌린 사람들이 자신의 마음을 자유롭게 풀어 놓을 수 있도록 도와주는 일에 머문다. 자기의 생각과 감정을 스스럼없이 표현할 수 있는 사람들은 어디를 가든 하루에도 여러 차례 만날 수 있다. 그러나 그렇지 못한 사람들은 다른 사람들의 더 많은 여유와 배려가 있어야만 비로소 마음의 문을 연다.

언젠가 여행사에 갔다가 기차표를 바꾸는 할머니 한 분을 본 적이 있다. 할머니는 좌석이 지정된 기차표를 굳이 입석표로 바꿔 달라고 부탁했다. 이유인즉 글자를 읽을 줄 몰라서 사람들에게 차량과 좌석 번호를 물어물어 자리를 찾아가야 하는데, 그게 너무 부끄럽다는 것이었다. 순간 나는 머리가 멍했다. 글자를 몰라 좌석의 위치를 물어 보는 노인들 가운데 그런 행위 자체에 모멸감을 느끼는 분이 있을 수 있다는 생각을 한 번도 한 적이 없기 때문이었다. 그 동안 내가 당연한 듯 무심하게 여겼던 것들이 참 많을 거라는 생각에 미안함과 안쓰러움이 솟아올라 나도 모르는 사이에 눈물이 고였다.

그렇게 마음속에 하고 싶은 말을 꼬깃꼬깃 접어 놓고 살아가는 사람들의 이야기를 미리암 프레슬러는 엉킨 실타래를 풀듯 부드럽게 한 올 한 올 풀어 낸다. 나는 그의 작품을 읽으면서 글쓰기의 철학과 글읽기의 의미를 다시 곱씹어 본다. 같은 시대를 살아가는 사람들에 대한 애정 어린 배려와 행복의 소중함을 일깨우려는 그의 의지는 여기 『행복이 찾아오면 의자를 내주세요』에 잘 녹아 있다.

이 책이 나온 지 어느새 십 년이 되었다. 처음 이 책을 기획할 때만 해도 청소년을 대상으로 한 문학작품을 만나는 일이 쉽지 않을 때였다. 다행히 열정과 안목이 대단한 사계절출판사 편집팀의 추진력과 강맑실 사장님의 과감한 결단으로 '1318문고'가 탄생하게 되었다. 더구나 올해 고침판을 내면서 요즘 청소년들의 감각에 맞게 글을 다듬고 잘못된 부분을 바로잡을 수 있어서 개인적으로 무척 감사하게 생각한다.

  모쪼록 행복이 독자들의 마음속에 가능한 오래 머물 수 있게 되기를 진심으로 소망한다.

2006년 10월
옮긴이 유혜자

행복이 찾아오면 의자를 내주세요

1997년 3월 2일 1판 1쇄
2006년 2월 28일 1판 20쇄
2006년 10월 30일 2판 1쇄
2019년 12월 20일 2판 12쇄

지은이 미리암 프레슬러
옮긴이 유혜자

편집 김태희, 박찬석, 조소정 | **디자인** 이혜연 | **제작** 박홍기
마케팅 이병규, 양현범, 이장열 | **홍보** 조민희, 강효원
출력 블루엔 | **인쇄** 코리아피앤피 | **제책** 정문바인텍

펴낸이 강맑실
펴낸곳 (주)사계절출판사 | **등록** 제406-2003-034호
주소 (우)10881 경기도 파주시 회동길 252
전화 031)955-8588, 8558 | **전송** 마케팅부 031)955-8595 편집부 031)955-8596
홈페이지 www.sakyejul.net | **전자우편** skj@sakyejul.com
블로그 skjmail.blog.me | **페이스북** facebook.com/sakyejul | **트위터** twitter.com/sakyejul

값은 뒤표지에 적혀 있습니다. 잘못 만든 책은 구입하신 서점에서 바꾸어 드립니다.
사계절출판사는 성장의 의미를 생각합니다. 사계절출판사는 독자 여러분의 의견에 늘 귀 기울이고 있습니다.

ISBN 978-89-5828-191-7 44850
ISBN 978-89-5828-473-4 (세트)

이 도서의 국립중앙도서관 출판시도서목록(CIP)은 e-CIP 홈페이지(http://www.nl.go.kr/cip.php)에서
이용하실 수 있습니다.(CIP제어번호: CIP2006002174)